Passeport

PARENTS ⇄ ENFANTS

Sandra Lebrun

hachette

MODE D'EMPLOI

Conçu pour toute la famille, ce cahier de vacances propose des jeux variés à travers quatre types de doubles pages et thématiques riches et diversifiées. Des enfants ou des parents, qui remportera la partie ?

Au coude-à-coude

Parent et enfant jouent en même temps aux trois jeux proposés.

Un encadré pour noter le gagnant.

Un gage pour le perdant.

Une question pour se départager.

Tous ensemble

Parent et enfant s'entraident pour réussir le jeu.

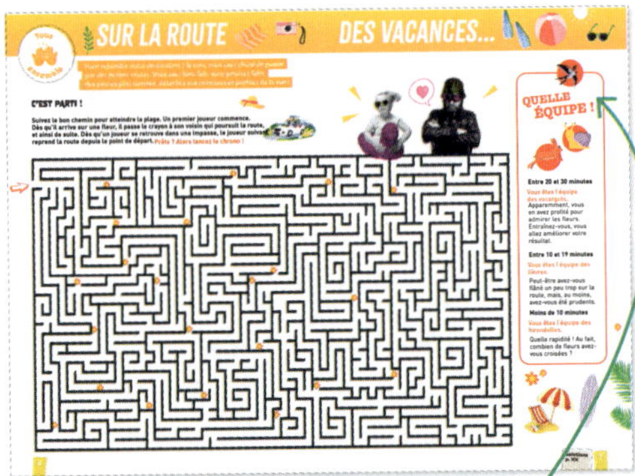

Un bilan selon le temps passé ou le nombre de bonnes réponses.

DUEL

Parent et enfant assis l'un en face de l'autre, s'affrontent sur des jeux adaptés à leur âge.

Une grille pour déterminer le gagnant.

Le vainqueur choisit un gage ou un avantage.

DÉTENTE

Des blagues et des jeux pour s'amuser en famille.

Au centre du cahier, retrouvez les solutions de tous les jeux.

SOMMAIRE

Au coude-à-coude

SOUS L'OCÉAN !

Placez-vous l'un à côté de l'autre et partez à la découverte des fonds marins. Un seul d'entre vous se sentira comme un poisson dans l'eau. Prêts pour l'aventure ? Plongez !

SPLASH !

1 MÉMOIRE DE POISSON ROUGE

Cachez le bas de la page où se trouvent les questions.
Pendant 1 minute, observez attentivement l'image, puis cachez-la.

Lisez à tour de rôle une question à haute voix. Écrivez chacun votre réponse. Celui qui a le plus de bonnes réponses a gagné !

PARENT

1. ....
2. ....
3. ....
4. ....
5. ....

ENFANT

1. ....
2. ....
3. ....
4. ....
5. ....

Le champion est : ....

1. De quelle couleur sont les palmes ?
2. Combien de personnes portent des brassards ?
3. Y a-t-il une étoile de mer ?
4. Tous les poissons sont-ils identiques ?
5. Est-ce qu'il y a du vert sur le maillot de bain multicolore ?

2 LA TÊTE SOUS L'EAU

Cherchez les 15 mots de la liste dans la grille. Ils sont écrits horizontalement, verticalement ou en diagonale.

Le premier joueur qui trouve un mot le barre. Celui qui en a trouvé le plus a gagné !

BALEINE
CREVETTE
DAUPHIN
HIPPOCAMPE
HUÎTRE
MÉDUSE
MÉROU
MOULE
MURÈNE
OURSIN
RAIE
REQUIN
SARDINE
THON
TORTUE

H	S	B	A	L	E	I	N	E	N	J	P
U	C	R	M	L	T	H	M	É	R	O	U
Î	U	R	T	É	G	O	P	K	E	R	F
T	D	M	E	B	D	H	R	P	C	A	V
R	A	U	Y	V	G	U	M	T	N	I	J
E	U	R	D	S	E	A	S	I	U	E	S
O	P	È	F	V	C	T	U	E	O	E	A
Q	H	N	K	O	L	Q	T	E	U	N	R
Y	I	E	P	N	E	R	L	E	R	Z	D
U	N	P	M	R	N	U	G	T	S	M	I
B	I	G	T	D	O	J	N	K	I	L	N
H	W	D	S	M	T	H	O	N	N	J	E

2 Le champion est : ....

3 DANS L'OBSCURITÉ DES PROFONDEURS

Ouvrez l'œil
car il y a 10 différences
entre ces deux scènes.

Le premier joueur qui trouve une différence l'entoure. Celui qui en a trouvé le plus a gagné !

3 Le champion est : ....

GAGE !

Le joueur qui a remporté le plus de jeux choisit un gage :

- Tu dois imiter le chant de la baleine.
- Tu dois faire le tour de la pièce en imitant la brasse.
- Tu dois chanter une chanson avec le mot « poisson ».

LA QUESTION QUI TUE !

En cas d'égalité,
le premier qui répond
à cette question a gagné :

Comment s'appelle le poisson bleu qui aide Marin à retrouver son fils Nemo ?

Solutions p. 27

Tous ensemble

SUR LA ROUTE

Pour rejoindre votre destination, vous avez choisi de passer par des petites routes. Vous avez bien fait, vous pourrez faire des pauses plus souvent. Attachez vos ceintures et profitez de la vue !

C'EST PARTI !

Suivez le bon chemin pour atteindre la plage. Un premier joueur commence. Dès qu'il arrive sur une fleur, il passe le crayon à son voisin qui poursuit la route, et ainsi de suite. Dès qu'un joueur se retrouve dans une impasse, le joueur suivant reprend la route depuis le point de départ. Prêts ? Alors lancez le chrono !

DES VACANCES...

QUELLE ÉQUIPE !

Moins de 10 minutes :
vous êtes l'équipe des hirondelles.
Quelle rapidité ! Au fait, combien de fleurs avez-vous croisées ?

Entre 10 et 19 minutes :
vous êtes l'équipe des lièvres.
Peut-être avez-vous un peu trop flâné sur la route, mais au moins, vous avez été prudents.

Entre 20 et 30 minutes :
vous êtes l'équipe des escargots.
Apparemment, vous en avez profité pour admirer les fleurs. Entraînez-vous, vous allez améliorer votre résultat.

Solution p. 27

DUEL

AVE, CÉSAR !

Entrez dans l'arène et placez-vous l'un en face de l'autre. Soyez rapides, observateurs et faites appel à vos connaissances pour remporter ces défis historiques.

QUE LE MEILLEUR GAGNE !

PARENT

1 DRÔLE D'ÉPOQUE

...... Points

Reculez chaque lettre d'une place dans l'ordre alphabétique : A = Z, B = A, C = B...

Le premier qui prononce la phrase marque 2 points.

M'JOWFOUJPO EF
M'FDSJUVSF NBSRVF MF
EFCVU EF M'BOUJRVJUF.

2 LES GLADIATEURS

...... Point

En entrant dans l'arène, les bêtes sauvages ont laissé leurs empreintes sur le sable. Elles sont toutes en double, sauf une. Laquelle ?

Le premier à la trouver marque 1 point.

3 AU FIL DU TEMPS

...... Points

Écrivez la lettre de chaque évènement sous la date qui correspond.

Vous marquez 1 point par bonne réponse.

- 753 ○

- 58 ○

- 52 ○

- 44 ○

- 43 ○

A Fondation de Lugdunum (Lyon)

B Siège d'Alésia

C Début de la guerre des Gaules

D Assassinat de Jules César

E Fondation de la ville de Rome

GAGE OU AVANTAGE ?

* Le perdant doit imiter le rugissement du lion.
* Le gagnant peut choisir le dessert du prochain repas.

Solutions p. 27

SCORE DU DUEL

Parent	Enfant
1 : ..../ 2	1 : ..../ 2
2 : ..../ 1	2 : ..../ 1
3 : ..../ 5	3 : ..../ 5

Le champion est :

....

ENFANT

1 DRÔLE D'ÉPOQUE

.... Points

K'HMUDMSHNM CD K'DBQHSTQD LZQPTD KD CDATS CD K'ZMSHPTHSD.

Avancez chaque lettre d'une place dans l'ordre alphabétique : A = B, B = C, Z = A...

Le premier qui prononce la phrase marque 2 points.

2 LES GLADIATEURS

.... Point

En entrant dans l'arène, les bêtes sauvages ont laissé leurs empreintes sur le sable. Elles sont toutes en double, sauf une. Laquelle ?

Le premier à la trouver marque 1 point.

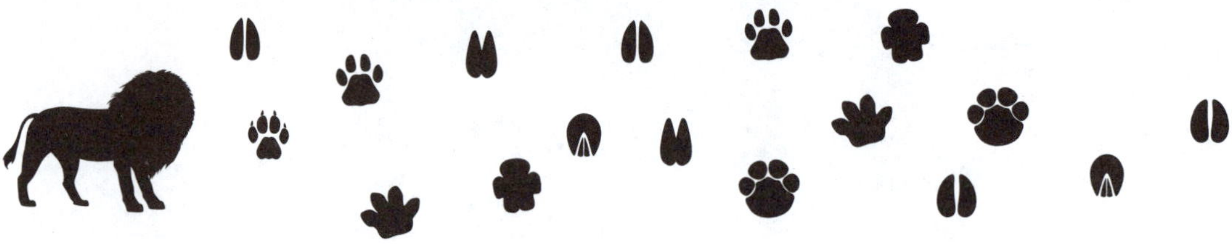

3 AU FIL DU TEMPS

.... Points

Placez les époques dans le bon ordre en les numérotant de 1 à 5.

Marquez 1 point par bonne réponse.

A. Les Temps modernes
B. La préhistoire
C. L'époque contemporaine
D. L'Antiquité
E. Le Moyen Âge

Au coude-à-coude

LÀ-HAUT !

Enfilez votre combinaison et laissez-vous flotter dans l'espace. Ne vous précipitez pas, car la moindre erreur peut être fatale ! Prêts au décollage ? 3, 2, 1... partez !

1 LE SYSTÈME SOLAIRE

Au top départ, lisez les définitions et retrouvez le nom de chaque planète. L'enfant commence par la première définition et le parent par la dernière. Attention ! Vous n'avez pas le droit d'écrire le nom d'une planète si vous n'avez pas lu sa définition.

Une fois que les 7 noms sont écrits, levez votre crayon. Celui qui a le plus de bonnes réponses a gagné !

DÉPART ENFANT

Mars
On l'appelle la planète rouge.

Jupiter
C'est la plus grosse et la plus massive des planètes du Système solaire.

Mercure
C'est la planète la plus proche du Soleil et la moins massive.

Neptune
Très semblable à Uranus, cette géante de glace est la dernière planète du Système solaire.

Uranus
Cette planète composée de gaz est placée entre Saturne et Neptune.

Saturne
Après Jupiter, c'est la 2e plus grosse planète du Système solaire.

Vénus
On l'appelle la planète jumelle de la Terre, et elle se trouve entre Mercure et la Terre.

DÉPART PARENT

Le champion est : ....

2 TROU NOIR

2 Le champion est : ....

Prenez une feuille et cachez les questions. Lisez et observez ces mots pendant 2 minutes, puis cachez-les. Au top départ, écrivez chacun vos réponses aux questions. Celui qui a le plus de bonnes réponses a gagné !

Lune Terre ÉTOILE planète

Éclipse GALAXIE

SATELLITE

Soleil

1. Combien de mots commencent par la lettre S ?
2. De quelle couleur est le mot « étoile » ?
3. Quel est le mot le plus court en nombre de lettres ?
4. Avez-vous lu le mot « équinoxe » ?
5. Quel mot est placé en bas à droite ?

PARENT	ENFANT
1.	1. ....
2.	2. ....
3.	3. ....
4.	4. ....
5.	5. ....

3 UNE PLUIE D'ÉTOILES

Chaque joueur prend un crayon d'une couleur différente. Ouvrez l'œil et tracez les pointes d'étoiles qui sont cachées, et uniquement les pointes ! Pour vous aider, une première pointe est tracée en rouge.

Le joueur qui en a trouvé le plus a gagné ! Toute erreur fait perdre 1 point.

3 Le champion est : ....

GAGE !

Le joueur qui a remporté le plus de jeux choisit un gage :

- Tourne sur toi-même en faisant le tour de la table, comme la Terre autour du Soleil.
- Imite un astronaute marchant sur la Lune.
- Chante une chanson dont le titre contient le mot « soleil », « lune » ou « étoile ».

LA QUESTION QUI TUE !

En cas d'égalité, le premier qui répond à cette question a gagné :

Dans la chanson *Au clair de la lune*, qu'est-ce que l'ami Pierrot doit prêter ?

Solutions p. 28

Tous ensemble

FAITES PLACE AU ROI !

Main dans la main, plongez dans la grande Histoire et partez à la rencontre du roi Louis XIV. De son enfance à ses actions les plus marquantes, testez vos connaissances sur ce souverain…

L'ÉTAT, C'EST MOI !

Répondez aux questions en entourant la lettre en gras correspondant à la bonne réponse. L'enfant commence par la première question, le parent par la question suivante, et ainsi de suite.

À la fin, relevez toutes les lettres qui correspondent à vos réponses et découvrez une information mystère. Si les mots n'ont pas de sens, c'est que vous vous êtes trompés ! Recommencez.

1. Quel est le surnom de Louis XIV ?
C Le Roi de Cœur
L Le Roi-Soleil
M Le Roi-Lune

2. Quelle est la religion de Louis XIV ?
A Il n'en a pas, il est athée.
H Il est protestant.
E Il est catholique.

3. Louis XIV est devenu roi de France très jeune. Quel âge avait-il ?
J 4 ans
M 40 ans
U 64 ans

4. Qui a assuré la régence pendant l'enfance de Louis XIV ?
A Anne d'Autriche
I Marie de Médicis
E Marie-Thérèse d'Autriche

5. Le règne de Louis XIV est le plus long de l'histoire de France. Quelle a été sa durée ?
T 12 ans
L 22 ans
R 72 ans

6. Avec quel cardinal la mère de Louis XIV a-t-elle gouverné la France ?
D Le cardinal Mazarin
C Le cardinal de Richelieu
S Le cardinal de Rohan

7. Qui était le père de Louis XIV ?
E Henri IV
I Louis XIII
O Louis XV

8. Quel architecte militaire a construit des forteresses sous le règne de Louis XIV ?
N Sébastien Le Prestre de Vauban
R Louis Le Vau
L André Le Nôtre

9. Quelle demeure royale Louis XIV fit-il construire ?
C Le château de Poudlard
D Le château de Versailles
E Le château de Chambord

10. Qu'est-ce que Louis XIV a aboli ?

- **A** L'esclavage
- **I** Les droits féodaux et les privilèges
- **E** L'édit de Nantes

11. Où vivait le roi Louis XIV avant de s'installer au château de Versailles ?

- **S** Au palais du Louvre
- **T** À la Bastille
- **U** Au fort Boyard

12. En 1659, quel pays a signé le traité des Pyrénées avec la France ?

- **F** L'Italie
- **R** L'Allemagne
- **T** L'Espagne

13. Que désigne l'expression « la cour du roi » ?

- **O** Les jardins du roi
- **U** Les nobles qui flattent le roi pour obtenir ses faveurs
- **Y** Le jogging du roi

14. Pourquoi le roi a-t-il invité les nobles à venir vivre près de lui ?

- **I** Pour mieux les surveiller.
- **L** Il a suivi les règles de l'étiquette.
- **N** Il n'a pas eu le choix, ce sont eux qui sont venus.

15. Quel artiste Louis XIV a-t-il nommé à la tête de « La Troupe du Roi au Palais-Royal »?

- **L** Molière
- **S** Shakespeare
- **E** Racine

16. Qui était responsable des jardins du château de Versailles ?

- **A** Sébastien Le Prestre de Vauban
- **I** Louis Le Vau
- **E** André Le Nôtre

17. Louis XIV est issu de quelle dynastie ?

- **P** Les bourdons
- **Q** Les bonbons
- **R** Les Bourbons

18. Pendant le règne de Louis XIV, quelle était la situation du peuple français ?

- **L** Le peuple s'est enrichi.
- **I** Le peuple s'est appauvri.
- **S** La situation du peuple est restée stable.

19. Que devient le Louvre après le départ de Louis XIV dans sa nouvelle demeure ?

- **E** Il est mis à la disposition des académies et des artistes.
- **A** Il est transformé en prison.
- **I** Les bâtiments sont abandonnés.

20. Comment est qualifié le pouvoir de Louis XIV ?

- **S** Le pouvoir absolu
- **T** Le pouvoir révolu
- **U** Le pouvoir dissolu

L'information mystère...

Louis XIV considérait que la grandeur d'un royaume se mesurait à son embellissement. Le nom de l'un de ses premiers chantiers de restauration est :

☐☐ ☐☐☐☐☐☐ ☐☐☐ ☐☐☐☐☐☐☐☐

QUELLE ÉQUIPE !

Vous avez donné toutes les bonnes réponses du premier coup et découvert l'information mystère : vous êtes une équipe de redoutables historiens ! Louis XIV et sa cour n'ont plus aucun secret pour vous.

Vous avez commis moins de 5 erreurs et vous avez fini par découvrir l'information mystère : bravo ! Le Roi-Soleil aurait été fier de vous.

Vous avez commis plus de 5 erreurs, mais vous avez fini par découvrir l'information mystère : c'est la preuve qu'en s'y mettant à plusieurs et en ne renonçant jamais, **on finit toujours par y arriver !**

Vous n'avez pas réussi à découvrir l'information mystère : ne vous découragez pas ! Au moins, maintenant, **vous êtes calés sur la cour de Louis XIV**.

Solutions p. 28

DEVINETTES PAS SI BÊTES...

Le temps est venu de faire une petite pause. Devinettes, charades, énigmes... Picorez-les seul ou à plusieurs, remuez-vous les méninges et surprenez-vous en gardant le sourire !

1 JOUONS SUR LES MOTS

1. De quelle couleur sont les petits pois ?
2. Pourquoi les poissons-chats s'ennuient-ils ?
3. Où trouve-t-on des chats marrants ?
4. Quel est le dessert préféré des araignées ?
5. Pourquoi les pigeons au plumage roux ne savent-ils pas nager ?
6. Qui, de l'âne, de la grenouille ou du hibou, est l'animal le plus sourd ?

2 MON TOUT TOUT

1. Mon premier est le contraire de « haut ».

   Mon deuxième est un mélange de terre et d'eau.

   Mon troisième est le plus petit nombre impair.

   Mon tout est un primate.

2. Mon premier est un morceau de gâteau.

   Mon deuxième est avant la lettre T.

   Mon troisième, la poule en pond plusieurs par jour.

   Mon tout est un mammifère arboricole.

3. Mon premier est une canine pointue de mammifère.

   Mon deuxième est un langage secret.

   Mon troisième est une terre entourée d'eau.

   Mon tout est un reptile.

3 C'EST LOGIQUE !

1. Comment peut-on être celui que personne ne peut doubler tout en étant le moins rapide ?

....

2. Le lièvre franchit la ligne d'arrivée et s'écrie : « Je suis le premier ! » Pourtant, il n'a pas gagné. Comment est-ce possible ?

....

3. Monsieur et madame Dupont ont six garçons et chaque garçon a une sœur. Combien de personnes y a-t-il dans cette famille ?

....

4. Comment faire pour partager équitablement treize pommes entre onze tortues ?

....

4 QUI C'EST CELUI-LÀ ?

1. Plus on me voit et moins on y voit.

   Je suis ....

2. J'ai un chapeau, mais pas de tête ; j'ai un seul pied, mais pas de chaussure. On m'appuie dessus en voiture.

   Je suis ....

3. Je ne cesse jamais de passer et pourtant, on ne me voit pas.

   Je suis ....

4. Je commence la nuit, je finis le matin et j'apparais en journée.

   Je suis ....

5. Dès qu'on me chauffe, je saute. Pourtant, je n'ai ni jambes ni pieds.

   Je suis ....

Solutions p. 29

Au coude-à-coude

EN MUSIQUE !

Testez votre mémoire, vos connaissances et votre sens de l'observation avec des instruments en tout genre. Ne perdez pas le rythme et en avant la musique !

1 PAS DE FAUSSE NOTE !

Observez attentivement ce dessin de batterie et prenez le temps nécessaire pour en mémoriser chaque détail. Cachez ensuite l'image à l'aide d'une feuille et reproduisez-la de mémoire.

Celui qui a commis le moins d'erreurs (trait en trop ou trait oublié) a gagné !

PARENT

ENFANT

1 Le champion est : ....

2 QUEL ORCHESTRE !

Au top départ, reliez chaque nom d'instrument à l'image correspondante. L'enfant commence 10 secondes avant le parent. Dès qu'un joueur a associé tous ses mots, l'autre doit lever son crayon. Celui qui a le plus de bonnes réponses a gagné !

ENFANT		PARENT
Banjo •		• Banjo
Batterie •		• Basson
Flûte •		• Contrebasse
Guitare •		• Cor
Harpe •		• Flûte
Maracas •		• Mandoline
Piano •		• Orgue
Violon •		• Saxophone

2 **Le champion est :** ....

3 CACOPHONIE

Prenez chacun un crayon d'une couleur différente. Au top départ, comparez les deux images et entourez les 7 objets qui sont apparus dans l'image de droite.

Le joueur qui en a trouvé le plus a gagné ! Toute erreur fait perdre 1 point.

3 **Le champion est :** ....

GAGE !

Le joueur qui a remporté le plus de jeux choisit un gage :

- Mime un pianiste, un trompettiste et un batteur.
- Mime un chef d'orchestre sur la musique de mon choix.
- Chante une chanson qui contient le mot « musique », « banjo » ou un autre nom d'instrument de musique.

LA QUESTION QUI TUE !

En cas d'égalité, le premier qui répond à cette question a gagné :

Quel est le prénom du personnage qui chante *Libérée, délivrée* ?

Solutions p. 29

DUEL

À LA CONQUÊTE DU NOUVEAU MONDE

Placez-vous l'un en face de l'autre et embarquez avec Christophe Colomb à destination des Amériques. Soyez rapides, observateurs et faites appel à votre logique pour remporter ces défis. Le meilleur d'entre vous sera couvert de gloire !

PARENT

1 UNE FLOTTE HISTORIQUE

.... Points

Sans repasser sur les traits noirs, complétez chaque dessin pour former une étoile dans un carré. Les traits feront apparaître le nom de deux navires qui composaient la flotte de Christophe Colomb. Le premier qui termine ce défi marque 2 points.

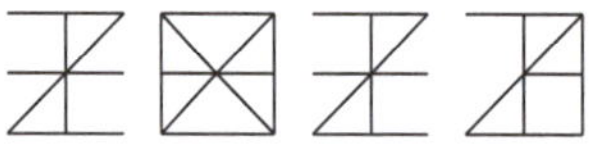

....

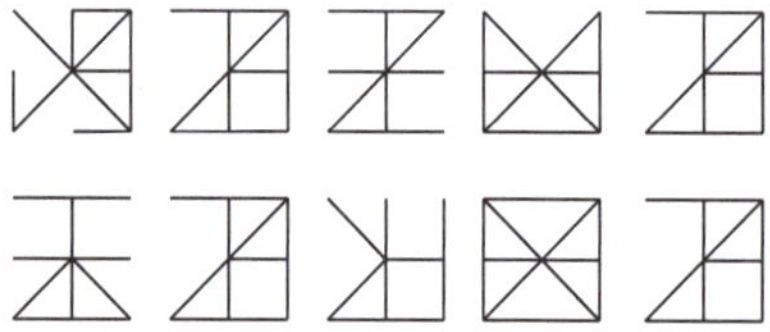

....

2 LA TRAVERSÉE

.... Points

« Terre ! Terre ! » crie Christophe Colomb en apercevant une île à l'horizon. Entourez la trajectoire qu'il doit suivre pour atteindre la plage sans s'échouer sur un rocher. Le premier qui donne la bonne réponse marque 2 points.

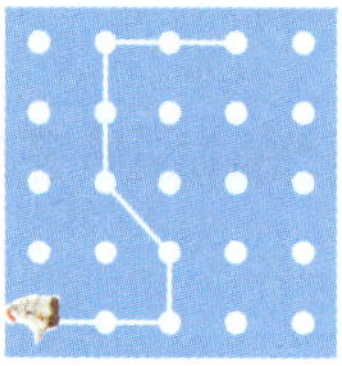

A

B

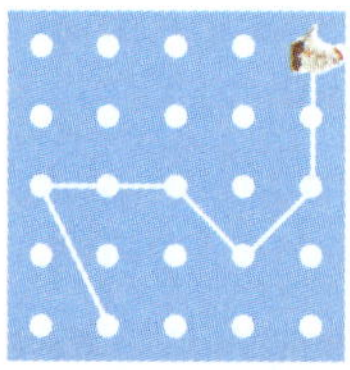

C

D

3 ALLERS-RETOURS

.... Points

Christophe Colomb fit quatre voyages vers les Amériques. Complétez ce Sudoku de 0 à 8. Puis relevez, dans l'ordre, les chiffres des cases colorées pour découvrir l'année de son dernier retour en Espagne. Vous marquez 1 point par chiffre correctement placé dans la date et 1 point supplémentaire pour le joueur qui a complété la date en premier.

7	4		8	3		2		1
0		3	7		4	8	5	
2		6		5	0			4
	3	2	0		1	6		5
1				6		3	4	8
4	6	7		8			2	
5		1		7	8	0		3
3			6		5		1	2
	0	4			2		8	

Année du dernier retour en Espagne

....

Solutions p. 30

GAGE OU AVANTAGE ?

- Le perdant doit imiter le cri de la mouette.
- Le gagnant choisit une activité pour ce week-end.

SCORE DU DUEL

Parent	Enfant
1 : …./ 2	1 : …./ 2
2 : …./ 2	2 : …./ 2
3 : …./ 5	3 : …./ 5

Le champion est :

……………………………………

ENFANT

1 UNE FLOTTE HISTORIQUE

Points ……….

Sans repasser sur les traits noirs, complétez le dessin pour former une étoile dans un carré. Les traits feront apparaître le nom d'un des navires qui composaient la flotte de Christophe Colomb. Le premier qui termine ce défi marque 2 points.

La ……………………………………

2 LA TRAVERSÉE

Points ……….

« Terre ! Terre ! » crie Christophe Colomb en apercevant une île à l'horizon. Entourez la trajectoire qu'il doit suivre pour atteindre la plage sans s'échouer sur un rocher. Le premier qui donne la bonne réponse marque 2 points.

3 ALLERS-RETOURS

Points ……….

Christophe Colomb fit quatre voyages vers les Amériques. Complétez ce Sudoku de 0 à 8. Puis relevez, dans l'ordre, les chiffres des cases colorées pour découvrir l'année de son dernier retour en Espagne. Vous marquez 1 point par chiffre correctement placé dans la date et 1 point supplémentaire pour le joueur qui a complété la date en premier.

7	4		8	3	6	2		1
0		3	7		4	8	5	
2		6		5	0		3	4
	3	2	0		1	6		5
1		0	2	6		3	4	8
4	6	7		8			2	
5		1		7	8	0		3
3	7		6		5		1	2
	0	4			2		8	

Année du dernier retour en Espagne

……………………………………

À TABLE !

Au coude-à-coude

Ensemble, découvrez tous les secrets de la chaîne alimentaire. Placez-vous l'un à côté de l'autre, mais ne vous laissez pas manger ! Lequel de vous deux sera le plus grand prédateur ?

1 AU MENU...

Prenez une feuille et cachez les questions. Pendant 2 minutes, observez attentivement ce schéma. Attention ! Chaque flèche → signifie « est mangé par ». Ensuite, cachez le schéma. Lisez à tour de rôle une question à haute voix. Écrivez chacun votre réponse dans votre colonne.

Celui qui a le plus de bonnes réponses a gagné !

1. Par quel animal le manchot est-il mangé ?
2. Le plancton est mangé par le manchot. Vrai ou faux ?
3. La mouette est mangée par le calamar. Vrai ou faux ?
4. Le calamar est mangé par le phoque. Vrai ou faux ?
5. Que mange la baleine ?

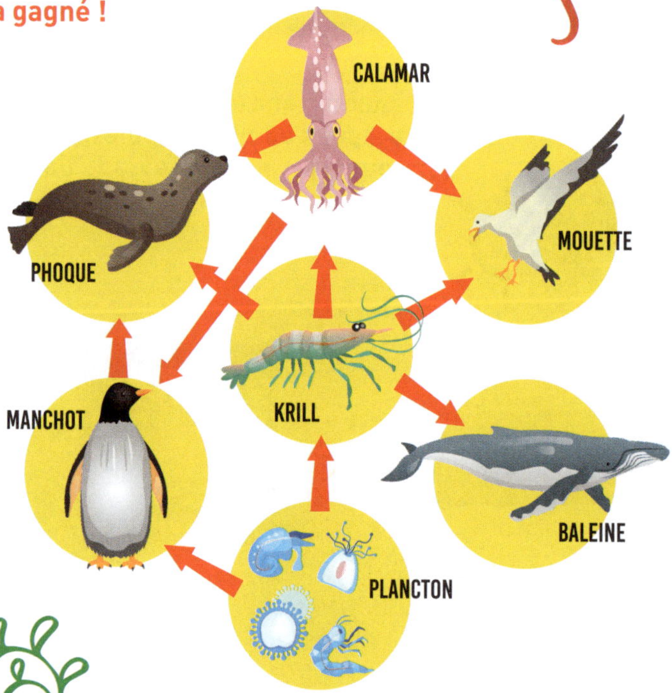

PARENT

1. ....
2. ....
3. ....
4. ....
5. ....

ENFANT

1. ....
2. ....
3. ....
4. ....
5. ....

Le champion est : ....

2 QUI MANGE QUOI ?

Reliez chaque animal à l'aliment qu'il a le plus souvent l'habitude de manger. L'enfant commence 10 secondes avant le parent. Dès qu'un joueur a terminé, l'autre doit lever son crayon. Celui qui a donné le plus de bonnes réponses a gagné !

PARENT		ENFANT
CERF •	• mange des insectes •	• LAPIN
CHIEN •	• mange du poisson •	• LÉZARD
CORMORAN •	• mange des végétaux •	• LION
TAMANOIR •	• mange de la viande •	• PHOQUE

2 **Le champion est :** ....

3 UN MONDE MINUSCULE

Cette série de 3 insectes est présente 3 fois dans l'image :

Prenez chacun un crayon d'une couleur différente. Retrouvez cette séquence de 3 insectes, entourez-la...

Le premier joueur qui trouve 2 séries a gagné. Top départ !

3 **Le champion est :** ....

GAGE !

Le joueur qui a remporté le plus de jeux choisit un gage :

- Imite le chant de la mouette, puis le cri du phoque.
- Mime une abeille en train de butiner de fleur en fleur.
- Chante une chanson qui contient le mot « escargot », « lion » ou « lapin ».

LA QUESTION QUI TUE !

En cas d'égalité, le premier qui répond à cette question a gagné :

Vite ! Le premier qui donne le nom d'un animal herbivore a gagné.

Solutions p. 30

UN MYSTÉRIEUX

Tous ensemble

Vous apprenez l'existence d'un mystérieux château près de votre lieu de vacances et vous ne résistez pas à l'envie d'y faire un tour. Relevez les défis que le châtelain a placés dans les différentes pièces. L'adulte résout les énigmes 1, 3 et 5, et l'enfant, les énigmes 2 et 4 (mais il a également le droit d'aider son parent !). Si vous réussissez, vous connaîtrez le secret de ce château.

1 UNE HISTOIRE DE FAMILLE

Dès l'entrée, vous vous retrouvez face au portrait d'une fillette.

Lisez l'étiquette du cadre pour découvrir qui elle est pour le châtelain.

Portrait de la femme du père de la femme de mon père.

C'est le portrait de sa ....

2 LE PARCHEMIN

Dans un coffre, vous découvrez un parchemin contenant un message codé.

Trouvez les lettres du mot indice.

La première lettre est dans la FORÊT, mais pas dans un COFFRE.

La deuxième lettre est dans la TOUR et sur les REMPARTS mais pas sur le PONT-LEVIS.

La troisième lettre est dans le FOSSÉ et sur les CRÉNEAUX.

La quatrième lettre est dans le LOGIS et sur la HERSE.

La cinquième lettre est dans le DONJON et la TOUR.

La sixième lettre est dans le PARAPET, mais pas dans la PALISSADE ni sur le PONT-LEVIS.

Le mot indice est ....

3 LA CIBLE

Sur le mur, une fléchette est plantée dans la tranche 1 d'une cible. Vous trouvez deux autres fléchettes. Terminez la partie, sachant que deux fléchettes ne peuvent être plantées dans une même tranche, ni dans des tranches voisines. Enfin, vous devez planter vos deux fléchettes dans des tranches de couleurs différentes.

Votre but est d'obtenir un total de 16 points avec les trois fléchettes. Écrivez en lettres le plus petit nombre que vous avez visé.

Le mot indice est ....

4 LES FLACONS

Une armoire renferme d'étranges flacons. Complétez les étiquettes, sachant que chaque nombre est l'addition des deux flacons juste en dessous.

Le mot indice est le chiffre des unités, écrit en lettres, du nombre figurant au sommet de la pyramide.

Le mot indice est ....

5 L'ARMURERIE DU CHÂTEAU

Des épées sont éparpillées sur le sol. Ramassez-les une à une sans faire bouger les autres pour ne pas réveiller le propriétaire du château.

Notez la lettre associée à chaque épée au fur et à mesure et découvrez le dernier indice.

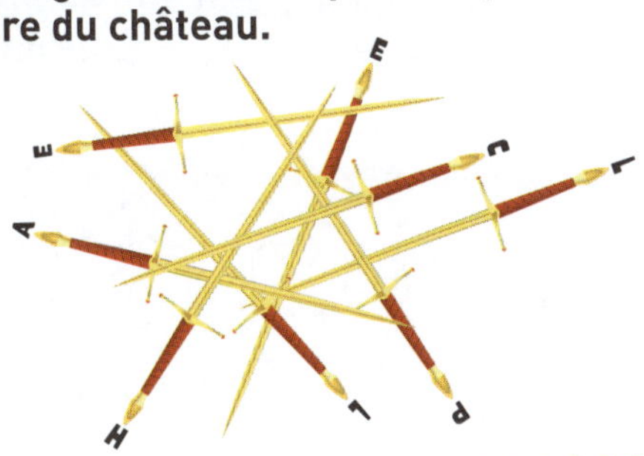

Le mot indice est ....

6 LE SECRET DU CHÂTEAU

Complétez cette grille avec les lettres des mots que vous avez trouvés.

Vous découvrirez sur la colonne colorée le secret de ce château.

Défi 5
Défi 1
Défi 3
Défi 4
Défi 2

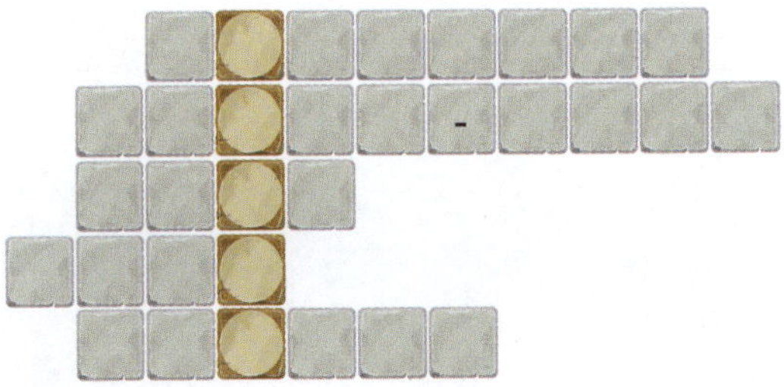

Le secret du château : il est ....

QUELLE ÉQUIPE !

Vous avez résolu toutes les énigmes et découvert le secret du château : bien joué ! Vous avez tous les atouts de vrais détectives. Maintenant que vous connaissez le secret du château, il est peut-être temps d'aller voir ailleurs.

Vous avez résolu au moins 3 énigmes et découvert le secret du château : bravo ! Grâce à votre esprit de déduction, vous avez réussi à découvrir le secret sans avoir relevé tous les défis. Et si vous refaisiez un petit tour pour terminer ce que vous avez commencé ?

Vous avez résolu moins de 3 énigmes : ne restez pas sur un échec ! Peut-être n'avez-vous pas pris le temps nécessaire pour relever ces défis ? Une nouvelle visite du château s'impose, à vos risques et périls...

Solutions p.31

DUEL

EXPÉDITION EN ÉGYPTE

Placez-vous l'un en face de l'autre et participez aux fouilles archéologiques. Soyez attentifs, observateurs et faites appel à votre sens de l'orientation pour remporter ces défis. Le meilleur d'entre vous entrera dans l'Histoire !

PARENT

1 LE SECRET DE LA PYRAMIDE

.... Points

Vous êtes à l'entrée d'une pyramide.
Votre mission est de parvenir jusqu'à la sortie.

Le premier qui atteint son objectif marque 2 points.

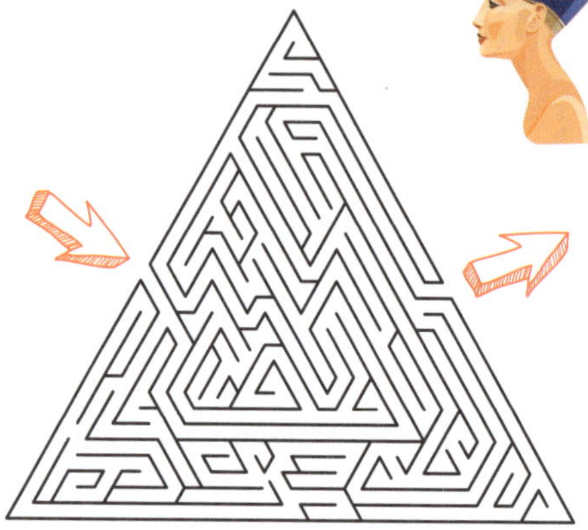

2 DANS LA VALLÉE...

.... Point

Vos recherches vous mènent jusqu'à une porte. Utilisez la grille de décodage des hiéroglyphes, puis classez les colonnes dans le bon ordre pour en découvrir le secret.

Le premier à écrire la bonne réponse marque 1 point.

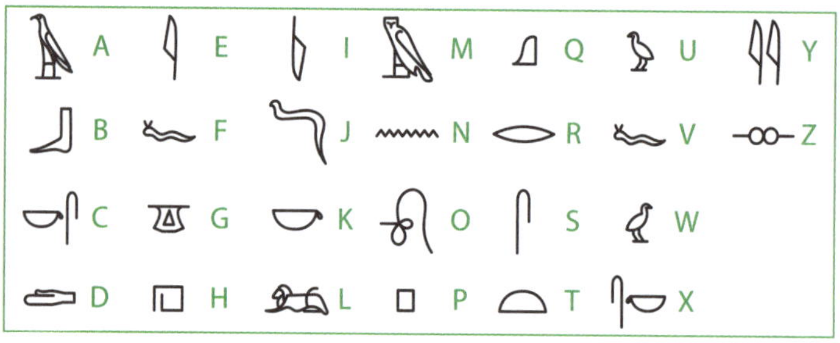

Le nom sur la porte : ....

3 LE TOMBEAU

.... Points

Des pilleurs sont venus avant vous ! Les trésors rangés de manière logique ont été déplacés. Trouvez l'objet qui complète chacune des suites présentes devant vous.

Vous marquez 1 point par objet bien replacé et 1 point supplémentaire pour celui qui a fini en premier.

....

....

....

ENFANT

1 LE SECRET DE LA PYRAMIDE

Points

Vous êtes au centre d'une pyramide. Votre mission est de trouver la sortie en partant de la croix.

Le premier qui atteint son objectif marque 2 points.

2 DANS LA VALLÉE...

Point

Vos recherches vous mènent jusqu'à une porte. Utilisez la grille de décodage des hiéroglyphes pour en découvrir le secret. Le premier à écrire la bonne réponse marque 1 point.

Le secret de la porte :

....

3 LE TOMBEAU

Points

Des pilleurs sont venus avant vous ! Les trésors rangés de manière logique ont été déplacés. Trouvez l'objet qui complète chacune des suites présentes devant vous.

Vous marquez 1 point par objet bien replacé et 1 point supplémentaire pour l'équipe qui a fini en premier.

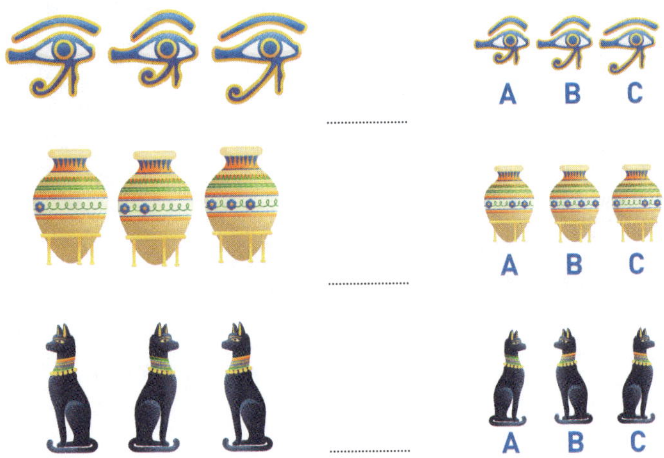

GAGE OU AVANTAGE ?

* Le perdant doit imiter une momie qui sort de son sarcophage.
* Le gagnant est le pharaon et réclame une offrande. Le perdant a 1 minute pour lui offrir le cadeau de son choix.

SCORE DU DUEL

Parent	Enfant
1 : ..../ 2	1 : ..../ 2
2 : ..../ 1	2 : ..../ 1
3 : ..../ 4	3 : ..../ 4

Le champion est :

....

Solutions p. 31

SPÉCIAL TANGRAM

Commencez par découper les pièces de Tangram (page 37), puis, seul ou à plusieurs, faites chauffer vos neurones en réalisant les figures proposées. Prenez tout votre temps, vous êtes là pour vous détendre et vous faire plaisir !

1 ÉCHAUFFEMENT

Pour vous aider à commencer, une forme est déjà placée.

À votre tour de manipuler vos pièces pour réaliser chacune de ces figures.

LE CHAT

LE PANDA

LE CRABE

LE CHAMEAU

LE CHEVAL

LE KANGOUROU

SOLUTIONS

À la conquête du Nouveau Monde pages 4-5

❶ MÉMOIRE DE POISSON ROUGE

1. **Vertes.**
2. **1 personne.**
3. **Non,** il n'y en a pas.
4. **Non.**
5. **Oui.**

❷ LA TÊTE SOUS L'EAU

H	S	B	A	L	E	I	N	E	N	J	P
U	C	R	M	L	T	H	M	É	R	O	U
Î	U	R	T	É	G	O	P	K	E	R	F
T	D	M	E	B	D	H	R	P	C	A	V
R	A	U	Y	V	G	U	M	T	N	I	J
E	U	R	D	S	E	A	S	I	U	E	S
O	P	È	F	V	C	T	U	E	O	E	A
Q	H	N	K	O	L	Q	T	E	U	N	R
Y	I	E	P	N	E	R	L	E	R	Z	D
U	N	P	M	R	N	U	G	T	S	M	I
B	I	G	T	D	O	J	N	K	I	L	N
H	W	D	S	M	T	H	O	N	N	J	E

❸ DANS L'OBSCURITÉ DES PROFONDEURS

LA QUESTION QUI TUE !
Le poisson bleu s'appelle **Dory**.

Sur la route des vacances... pages 6-7

L'équipe a croisé **13 fleurs** sur son chemin.

Ave, César ! pages 8-9

❶ DRÔLE D'ÉPOQUE

SOLUTION PARENT ET ENFANT

La phrase à décoder est :
L'invention de l'écriture marque le début de l'Antiquité (vers 3300-3200 av. J.-C.).

❷ LES GLADIATEURS

SOLUTION PARENT ET ENFANT

❸ AU FIL DU TEMPS

SOLUTION PARENT

1. **E** / - 753 : Fondation de la ville de Rome.
2. **C** / - 58 : Début de la Guerre des gaules.
3. **B** / - 52 : Siège d'Alésia.
4. **D** / - 44 : Assassinat de Jules César.
5. **A** / - 43 : Fondation de Lugdunum (Lyon).

SOLUTION ENFANT

1. **B** : La préhistoire
2. **D** : L'Antiquité
3. **E** : Le Moyen Âge
4. **A** : Les Temps modernes
5. **C** : L'époque contemporaine

Là-haut ! pages 10-11

1 LE SYSTÈME SOLAIRE

2 TROU NOIR

1. **2** (« satellite » et « soleil »).
2. Le mot **« étoile »** est en noir.
3. **« Lune »** (4 lettres).
4. Non.
5. Le mot en bas à droite est **« Soleil »**.

3 UNE PLUIE D'ÉTOILES

Il y a **13 pointes** d'étoiles cachées.

LA QUESTION QUI TUE !

L'ami Pierrot doit **prêter sa plume**.

Faites place au roi ! pages 12-13

L'ÉTAT, C'EST MOI !

« L'État, c'est moi ! » est une phrase attribuée à Louis XIV, qu'il aurait prononcée, en 1665, devant les parlementaires parisiens qui remettaient en cause ses édits. Mais son authenticité est contestée par les historiens, parce qu'elle ne figure pas dans les registres du Parlement.

1. **L** – Le Roi-Soleil
2. **E** – Il est catholique.
3. **J** – 4 ans
4. **A** – Anne d'Autriche
   Anne d'Autriche était la mère de Louis XIV. Marie de Médicis, épouse d'Henri IV, fut reine de France et de Navarre de 1600 à 1610. Marie-Thérèse d'Autriche épousa Louis XIV en 1660.
5. **R** – 72 ans
6. **D** – Le cardinal Mazarin
7. **I** – Louis XIII
   Henri IV était son grand-père, tandis que Louis XV était son arrière-petit-fils.
8. **N** – Sébastien Le Prestre de Vauban
9. **D** – Le château de Versailles
10. **E** – L'édit de Nantes
    L'édit de Nantes accordait des droits de culte, civils et politiques aux protestants dans certaines parties du royaume de France. Il fut signé en 1598 par le roi de France Henri IV, le grand-père de Louis XIV.
11. **S** – Au palais du Louvre
12. **T** – L'Espagne
13. **U** – Les nobles qui flattent le roi pour obtenir ses faveurs
14. **I** – Pour mieux les surveiller.
    Depuis la révolte de la Fronde, le roi se méfie et veut garder la noblesse sous sa domination.
15. **L** – Molière
16. **E** – André Le Nôtre
    Louis Le Vau fut le premier grand architecte du château de Versailles.
17. **R** – Les Bourbons
18. **I** – Le peuple s'est appauvri.
19. **E** – Il est mis à la disposition des académies et des artistes.
20. **S** – Le pouvoir absolu

L'information mystère est :
Le jardin des Tuileries.

Devinettes pas si bêtes... pages 14-15

1 JOUONS SUR LES MOTS

1. **Rouge**, parce que les petits pois sont rouges (poissons rouges).
2. **Parce qu'il n'y a pas de poissons-souris.**
3. **Dans les livres, où l'on trouve des chapitres** (chats pitres).
4. **La mousse** (mouche) **au chocolat**.
5. Parce que **les pigeons roux coulent** (roucoulent).
6. **La grenouille**, parce qu'elle dit toujours : « Côa côa » (Quoi ? Quoi ?).

2 MON TOUT TOUT

1. **Un babouin** (bas – boue – un).
2. **Un paresseux** (part – S – œufs).
3. **Un crocodile** (croc – code – île).

3 C'EST LOGIQUE !

1. Il suffit d'être le **dernier**.
2. Le lièvre a employé le verbe « suivre », pas le verbe « être ». Il suit le premier et est donc arrivé **deuxième**.
3. Il y a **9 personnes** : le père, la mère, les 6 frères et la sœur. Tous les frères ont la même sœur.
4. Il faut faire de la **compote**.

4 QUI C'EST CELUI-LÀ ?

1. **Le brouillard.**
2. **Un champignon.**
3. **Le temps** (le temps qui passe).
4. **La lettre n** (commence « nuit », termine « matin » et est dans « journée »).
5. **Un pop-corn.**

En musique ! pages 16-17

1 PAS DE FAUSSE NOTE !

2 QUEL ORCHESTRE !

SOLUTION PARENT

SOLUTION ENFANT

3 CACOPHONIE

LA QUESTION QUI TUE !

Le prénom du personnage est **Elsa**.

À la conquête du Nouveau Monde pages 18-19

❶ UNE FLOTTE HISTORIQUE

SOLUTION PARENT

La ***Niña*** et la ***Santa María***.

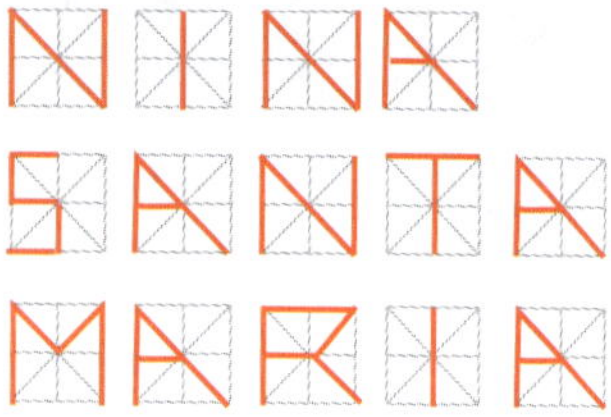

SOLUTION ENFANT

La ***Pinta***

❷ LA TRAVERSÉE

SOLUTION PARENT ET ENFANT

La trajectoire **C**.

❸ ALLERS-RETOURS

SOLUTION PARENT ET ENFANT

7	4	5	8	3	6	2	0	1
0	1	3	7	2	4	8	5	6
2	8	6	1	5	0	7	3	4
8	3	2	0	4	1	6	7	5
1	5	0	2	6	7	3	4	8
4	6	7	5	8	3	1	2	0
5	2	1	4	7	8	0	6	3
3	7	8	6	0	5	4	1	2
6	0	4	3	1	2	5	8	7

Année du dernier retour en Espagne : **1504**.
Christophe Colomb a effectué quatre voyages jusqu'aux Amériques : 1492-1493, 1493-1496, 1498-1500 et 1502-1504.

À table ! pages 20-21

❶ AU MENU...

1. **Le phoque.**
2. **Vrai.**
3. **Faux.** C'est le contraire.
4. **Vrai.**
5. **Du krill.**

❷ QUI MANGE QUOI ?

SOLUTION PARENT

Le CERF mange des **végétaux**.
Le CHIEN mange de la **viande**.
Le CORMORAN mange du **poisson**.
Le TAMANOIR mange des **insectes**.

SOLUTION ENFANT

Le LAPIN mange des **végétaux**.
Le LÉZARD mange des **insectes**.
Le LION mange de la **viande**.
Le PHOQUE mange du **poisson**.

❸ UN MONDE MINUSCULE

LA QUESTION QUI TUE !

Animaux herbivores : **cheval, vache, chèvre, mouton, âne, girafe...** Tous les animaux qui se nourrissent de végétaux.

Un mystérieux château... pages 22-23

❶ UNE HISTOIRE DE FAMILLE
C'est le portrait de **sa grand-mère**.

❷ LE PARCHEMIN
Le mot indice est : **TRÉSOR**.

❸ LA CIBLE
Il faut viser le 5 et le 10.
Le mot indice est : **CINQ**.

❹ LES FLACONS
Le mot indice est: **HUIT**.

❺ L'ARMURERIE DU CHÂTEAU
Le mot indice est : **CHAPELLE**.

❻ LE SECRET DU CHÂTEAU

Défi 5	CHAPELLE
Défi 1	GRAND-MÈRE
Défi 3	CINQ
Défi 4	HUIT
Défi 2	TRÉSOR

Le secret du château : il est **HANTÉ**.

Expédition en Égypte pages 24-25

❶ LE SECRET DE LA PYRAMIDE

SOLUTION PARENT

SOLUTION ENFANT

❷ DANS LA VALLÉE...

SOLUTION PARENT ET ENFANT

Le secret de la porte : **Toutankhamon**.
Codage pour les parents :

U T O →	T O U
N T A →	T A N
A K H →	K H A
N M O →	M O N

Le 4 novembre 1922, Howard Carter a découvert le tombeau du pharaon Toutankhamon.

❸ LE TOMBEAU

SOLUTION PARENT

De haut en bas, la bonne réponse est :
- **C.** Les couleurs sur les pétales en haut changent : le bleu alterne avec le vert. Il faut donc choisir les pétales verts.
- **A.** Chaque croix de vie pivote d'un quart de tour vers la gauche.
- **B.** Le soleil est alternativement en haut puis plus bas.

SOLUTION ENFANT

De haut en bas, la bonne réponse est :
- **A.** Le sourcil et les traits sous l'œil sont alternativement grands puis petits.
- **B.** Il y a une fleur de plus à chaque fois sur l'amphore.
- **A.** La statue est alternativement tournée vers la gauche puis vers la droite. La première bande de son collier est alternativement orange puis verte.

Spécial Tangram pages 26 et 39

Précision : deux pièces de même forme et de taille identique, mais de couleurs différentes, peuvent être posées l'une à la place de l'autre.

1 ÉCHAUFFEMENT

LE CHAT

LE PANDA

LE CRABE

LE CHAMEAU

LE CHEVAL

LE KANGOUROU

2 SANS FILET !

LA VACHE

LE VOILIER

LE PHOQUE

L'AVION

L'OURS

LE MOULIN À VENT

LE CHIEN

LA MAISON

L'effet colibri... pages 40-41

Qu'est-ce que l'effet colibri ?
Cette expression désigne le fait que chaque geste compte, aussi petit soit-il. Elle provient d'une légende amérindienne où un colibri tente d'éteindre un feu de forêt en versant dessus une goutte après l'autre, cependant que les autres animaux restent paralysés de terreur. Un tatou lui faisant remarquer que son action est dérisoire, le colibri lui répond : « Je le sais, mais je fais ma part. »

1 ON SE RETROUSSE LES MANCHES !

2 UN TRÉSOR D'ÉQUILIBRE

B	S	A	B	E	I	L	L	E	K	F	P
L	I	M	P	L	A	N	T	E	H	A	R
É	T	O	J	F	L	O	R	E	N	U	E
C	H	F	D	S	V	B	Q	O	L	N	C
O	U	L	Z	I	U	Y	I	A	T	E	Y
L	M	E	S	N	V	T	K	R	R	C	C
O	A	U	T	O	A	E	E	H	I	U	L
G	I	R	F	T	L	M	R	G	E	D	A
I	N	L	É	M	E	E	P	S	R	D	G
E	Y	G	B	S	N	C	I	M	I	J	E
O	É	B	T	E	R	R	E	L	S	T	C
V	H	P	R	O	T	É	G	E	R	A	É

3 FAITES LE TRI !

Le mot mystère est : **NATURE**.

LA QUESTION QUI TUE !

La dégradation du chewing-gum peut prendre jusqu'à **50 ans** !

À l'affiche pages 42-43

QUELLE ANIMATION !

1. H – **Vrai.**
2. A – **Faux.** Cette phrase est attribuée à Bugs Bunny.
3. M – **Faux.** Ils vivent à Monstropolis.
4. L – **Vrai.**
5. E – **Faux.** Nemo a une nageoire plus petite, et Dory perd la mémoire.
6. T – **Faux.** Il s'appelle Andy.
7. D – **Vrai.**
8. E – **Faux.** L'histoire est inspirée d'un conte de Hans Christian Andersen.
9. W – **Faux.** C'est le cœur de Te Fiti.
10. S – **Vrai.**
11. H – **Faux.** Il vole grâce à ses grandes oreilles.
12. A – **Faux.** Patrick est une étoile de mer.
13. K – **Vrai.**
14. E – **Vrai.**
15. S – **Faux.** Les souris s'appellent Jac et Gus.
16. P – **Faux.** Les Simpson ont la peau jaune.
17. E – **Vrai.**
18. A – **Faux.** Ils mangent un plat de spaghettis.
19. R – **Faux.** Elle se prénomme Marinette.
20. E – **Vrai.**

L'information mystère est :
***Hamlet* de W. Shakespeare.**

Au temps de la préhistoire pages 44-45

1 AU FEU !

SOLUTION PARENT

SOLUTION ENFANT

2 AU TRAVAIL !

SOLUTION PARENT ET ENFANT

L'outil mystérieux : **BIFACE**.
Pour aider l'enfant, chaque pierre pointait vers la lettre suivante du mot.

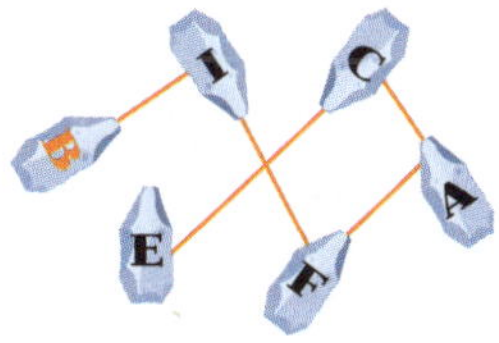

3 POCHOIR

SOLUTION PARENT

Il y a plus de mains gauches sur fond rouge.
Il y a **15** mains gauches sur fond bleu.
Il y a **17** mains droites sur fond bleu.
Il y a **19** mains gauches sur fond rouge.
Il y a **13** mains droites sur fond rouge.

SOLUTION ENFANT

Il y a plus de mains gauches sur fond rouge.
Il y a **12** mains gauches sur fond bleu.
Il y a **13** mains droites sur fond bleu.
Il y a **15** mains gauches sur fond rouge.
Il y a **9** mains droites sur fond rouge.

Nom de Zeus ! pages 46-47

1 LES DIEUX DE L'OLYMPE

2 C'EST DIVIN !

Le message à décoder est : **Le nectar qui assure l'immortalité aux dieux est l'ambroisie.**

3 SACRÉE HISTOIRE !

1. **Héros.**
2. **Oui.**
3. **Deux** (« dieu » et « déesse »).
4. **Déesse.**
5. **Huit.**

LA QUESTION QUI TUE !

Le dieu de la mer s'appelle **Poséidon** (mythologie grecque) ou **Neptune** (mythologie latine).

Allô, Docteur ? pages 48-49

BIENVENUE AU BLOC !

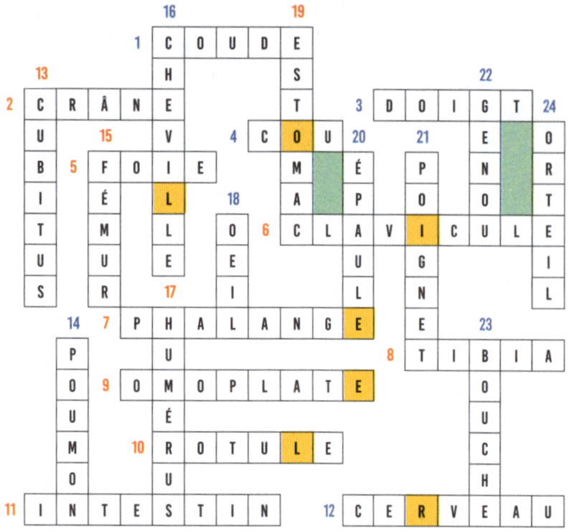

La douleur du patient se situe au niveau de son **OREILLE**.

Casse-tête pages 50-51

Pour certaines figures, plusieurs solutions sont possibles.

1. Le taureau

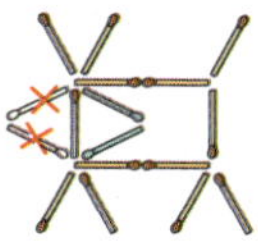

2. Le triangle

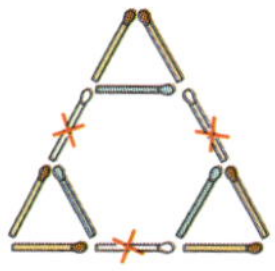

3. La pelle

4. La fleur

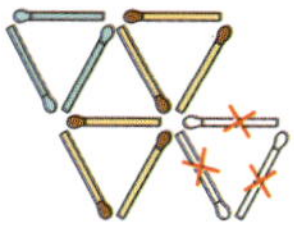

5. La fusée

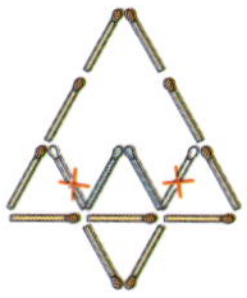

6. Le sapin

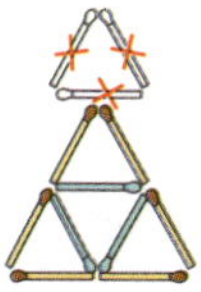

7. La maison

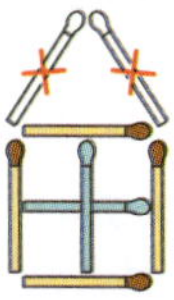

8. La clef

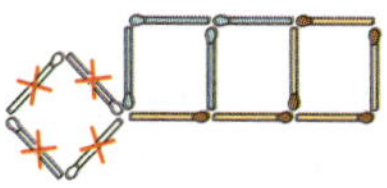

9. Le poisson

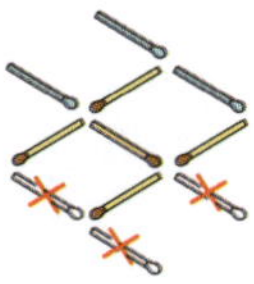

10. Le quadrillage

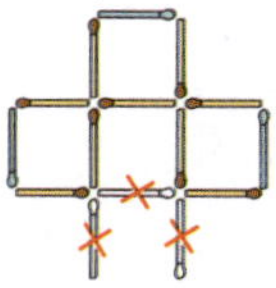

11. Les chapeaux

12. Le vaisseau

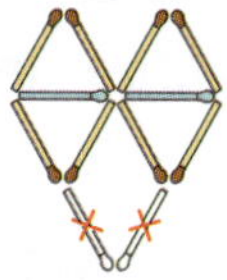

13. Le soleil

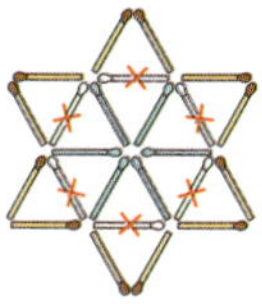

14. La pyramide

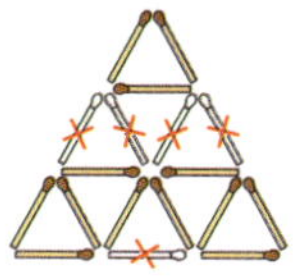

À vos fourneaux ! pages 52-53

❶ À TABLE !

Les 7 détails provenant de la scène sont les détails numérotés **1, 3, 7, 9, 10, 11 et 12.**

❷ SALADE GRECQUE

L'ingrédient mystère est : **BASILIC** (BA/SI/LIC).

❸ BATTERIE DE CUISINE

Tablier

Fouet

Passoire

Attendrisseur

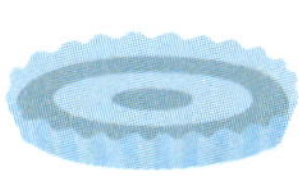

Moule à tarte

Presse-purée

Râpe = mandoline

Cuillère à miel

Manique = gant de cuisine

Pelle

LA QUESTION QUI TUE !

Desserts aux fruits : **compote, fraisier, tarte aux pommes, yaourt aux abricots...**

Casting d'enfer pages 54-55

LE BON PROFIL

Nous avons ajouté sur chaque photo un numéro qui correspond au moment où la personne devait être éliminée (1 = affirmation 1, etc.).

Un peu de sport pages 56-57

❶ SUR LE BANC DE TOUCHE

SOLUTION PARENT ET ENFANT

❷ SUR LE TATAMI

SOLUTION PARENT

LKEKJKKUKDKOKCOKMKMKKEKNCKEK
ETKSKEKTEKRKMIKKNKEKPKAKRKLKEK
SAKKLKKUT.

Le judo commence et se termine par le salut.

SOLUTION ENFANT

LKEKJUKKDKOKESKTKUKNKARKTK
MAKKRTKKIAKL.

Le judo est un art martial.

❸ LE GRAND BAIN

SOLUTION PARENT ET ENFANT

Ligne d'eau ❶ : **Fred**

Ligne d'eau ❷ : **Flo**

Ligne d'eau ❸ : **Camille**

Ligne d'eau ❹ : **Steph**

Ligne d'eau ❺ : **Lou**

Au temps des dinosaures pages 58-59

❶ DANS LA PÉNOMBRE

❷ ILS SONT LÀ !

Ptérodactyle

Iguanodon

Tyrannosaure

Tricératops

Stégosaure

Parasaurolophus

Ankylosaure

❸ DES PAS DE GÉANTS

Les 3 empreintes à retrouver sont celles de l'**iguanodon**, du **stégosaure** et du **vélociraptor**.

LA QUESTION QUI TUE !

Le tyrannosaure était aussi haut qu'un **immeuble de 2 étages**.

Balade en famille
pages 60-61

EN ROUTE !

1. **À** – Une sonnette
2. **V** – 7 ans
3. **É** – Accès interdit aux vélos
4. **L** – Stationnement interdit du 1er au 15 du mois
5. **O** – Vert
6. **O** – À toutes les personnes utilisant un moyen de transport routier (automobilistes, routiers, deux-roues, cyclistes, et même cavaliers et conducteurs d'attelage) et aux piétons
7. **N** – Que tous les véhicules sont à l'arrêt
8. **P** – 1 m
9. **O** – Tendre son bras droit sur le côté
10. **R** – Chaînes à neige obligatoires sur au moins deux roues motrices
11. **T** – En marchant
12. **E** – L'usage du téléphone est interdit pour les cyclistes, même avec des oreillettes.
13. **U** – Chemin obligatoire pour piétons
14. **N** – Arrêt et stationnement interdits
15. **C** – Un feu avant et un feu arrière
16. **A** – Circulation interdite à tout véhicule dans les deux sens
17. **S** – Sens interdit pour tout véhicule
18. **Q** – C'est une voie à sens unique où seuls les cyclistes peuvent circuler dans les deux sens.
19. **U** – Je dois le laisser passer.
20. **E** – Point de vue

L'information mystère est :
À vélo, on porte un casque.

Incroyable
pages 62-63

1 JUSTE UNE ILLUSION...

1. La fleur
Aucun. Les deux disques colorés ont le même diamètre.

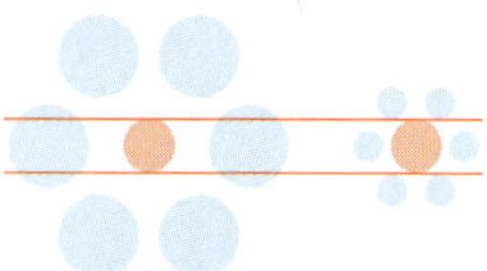

2. La colonne
Contrairement aux apparences, **le trait noir rejoint le trait rouge.**

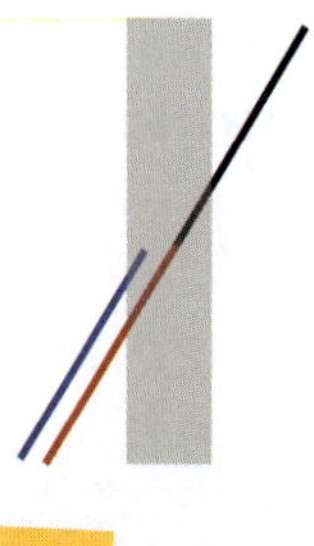

3. Le carrelage
A. Il y a uniquement des lignes droites. Prenez une règle et vérifiez par vous-mêmes !

4. Les flèches
Aucune. Elles mesurent la même longueur.

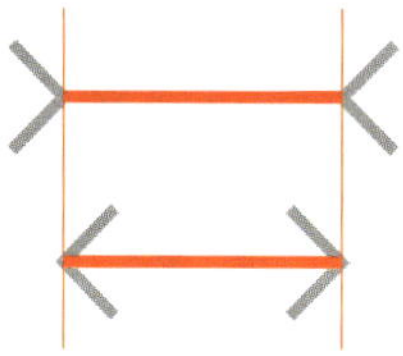

2 CACHE-CACHE

Dans l'image, on peut voir un lapin... ou un canard.

3 CONCENTRATION

1. **C.** 13
2. **D.** 15

4 TEST DE RAPIDITÉ

MMMMMMMMMMMMMMMMMMMMMMMMM
MMMMMMMMMMMMMMMMMMMMMMMMM
MMMMMMMMMMMMMMMMMWMMMMMMM
MMMMMMMMMMMMMMMMMMMMMMMMM
MMMMMMMMMMMMMMMMMMMMMMMMM
MMMMMMMMMMMMMMMMMMMMMMMMM
MMMMMMMMMMMMMMMMMMMMMMMMM
MMMMMMMMMMMMMMMMMMMMMMMMM
MMMMMMMMMMMMMMMMMMMMMMMMM
MMMMMMMMMMMMMMMMMMMMMMMMM
MMMMMMMMMMMMMMMMMMMMMMMMM
MMMMMMMMMMMMMMMMMMMMMMMMM
MMMMMMMMMMMMMMMMMMMMMMMMM
MMMMMMMMMMMMMMMMMMMMMMMMM
MMMMMMMMMMMMMMMMMMMMMMMMM
MMMMMMMMMMMMMMMMMMMMMMMMM
MMMMMMMMMMMMMMMMMMMMMMMMM
MMMMMMMMMMMMMMMMMMMMMMMMM

SPÉCIAL TANGRAM

Découpez les pièces une par une, en suivant les contours noirs. Vous pouvez également commencer par coller la page sur du carton, puis découper les pièces.

CASSE-TÊTE

Découpez les allumettes une par une, en suivant les pointillés. Vous pouvez également commencer par coller la page sur du carton, puis découper les pièces.

② SANS FILET !

Il est temps de faire le grand saut et de réaliser chacune de ces figures sans aucune pièce de départ... Un vrai jeu de patience !

LA VACHE

LE VOILIER

LE PHOQUE

L'AVION

L'OURS

LE MOULIN À VENT

LE CHIEN

LA MAISON

Solutions p. 32

Au coude-à-coude

L'EFFET COLIBRI...

La faune, la flore, les lacs, les montagnes... sans oublier les humains, forment un tout ! Votre mission, si vous l'acceptez, est de préserver cette diversité ou, plus exactement, cette biodiversité. Qui sera le plus efficace pour relever ces défis ?

1 ON SE RETROUSSE LES MANCHES !

Prenez chacun un crayon d'une couleur différente. Au top départ, cherchez les déchets de chaque catégorie dans la grande scène. Dès que vous en trouvez un, entourez-le sur l'illustration et barrez-le dans sa catégorie.

Celui qui a trouvé le plus de déchets a gagné !

1 **Le champion est :** ....

2 UN TRÉSOR D'ÉQUILIBRE

2 Le champion est : ....

Cherchez les mots de la liste dans la grille et barrez-les. Ils peuvent être écrits horizontalement, verticalement ou en diagonale. Plusieurs mots peuvent se croiser. L'enfant commence par le premier mot et le parent, par le dernier.

Le joueur qui en a trouvé le plus a gagné !

DÉPART ENFANT

ABEILLE
TERRE
FLORE
RECYCLAGE
HUMAIN
ÉCOLOGIE
FAUNE
VÉGÉTATION
PLANTE
SEMER
BIODIVERSITÉ
PROTÉGER
SOLEIL
FLEUR
TRIER

DÉPART PARENT

B	S	A	B	E	I	L	L	E	K	F	P
L	I	M	P	L	A	N	T	E	H	A	R
É	T	O	J	F	L	O	R	E	N	U	E
C	H	F	D	S	V	B	Q	O	L	N	C
O	U	L	Z	I	U	Y	I	A	T	E	Y
L	M	E	S	N	V	T	K	R	R	C	C
O	A	U	T	O	A	E	E	H	I	U	L
G	I	R	F	T	L	M	R	G	E	D	A
I	N	L	É	M	E	E	P	S	R	D	G
E	Y	G	B	S	N	C	I	M	I	J	E
O	É	B	T	E	R	R	E	L	S	T	C
V	H	P	R	O	T	É	G	E	R	A	É

3 FAITES LE TRI !

Prenez chacun un crayon d'une couleur différente. Rayez toutes les lettres qui sont en double. Formez un mot avec les 6 lettres restantes.

Chacun marque 1 point par paire retrouvée et 1 point bonus pour le joueur qui trouve le mot mystère.

I g b E M
T M f R s a O
G N B F
O U S I

Le mot mystère est : ....

3 Le champion est : ....

GAGE !

Le joueur qui a remporté le plus de jeux choisit un gage :

- Cite trois actions que tu fais pour protéger la planète.
- Imite un ver de terre.
- On va planter des radis ou des lentilles et les faire germer !

LA QUESTION QUI TUE !

En cas d'égalité, le premier qui répond à cette question a gagné :

Au maximum, combien d'années met un chewing-gum à se dégrader dans la nature ? Le joueur qui donne le nombre le plus proche a gagné.

Solutions p. 32

Tous ensemble

À L'AFFICHE

Souvenez-vous de vos dessins animés préférés, du plus ancien au plus récent. Aidez-vous et croisez vos connaissances pour atteindre votre seul objectif… Relever ce défi ensemble !

QUELLE ANIMATION !

Répondez chacun votre tour aux questions en entourant la lettre en gras correspondant à la bonne réponse. L'enfant commence par la première question orange, le parent par la question bleue, et ainsi de suite.

À la fin, relevez toutes les lettres qui correspondent à vos réponses et découvrez une information mystère. Si les mots n'ont pas de sens, c'est que vous vous êtes trompés ! Recommencez.

1. Les personnages du film d'animation *Vice Versa* représentent les émotions.

VRAI **H** — FAUX **F**

2. Daffy Duck répète souvent la phrase : *« Quoi d'neuf, docteur ? »*

VRAI **E** — FAUX **A**

3. Les personnages de *Monstres & Cie* vivent à Gentipolis.

VRAI **R** — FAUX **M**

4. Les personnages des *Looney Tunes* sont une création de Tex Avery.

VRAI **L** — FAUX **S**

5. Dans *Le Monde de Nemo*, Dory a une nageoire plus petite que l'autre.

VRAI **A** — FAUX **E**

6. Dans *Toy Story 1*, les jouets appartiennent à un petit garçon prénommé Sami.

VRAI **L** — FAUX **T**

7. Dans *Cars*, la dépanneuse s'appelle Martin.

VRAI **D** — FAUX **P**

8. *La Reine des neiges* est un film d'animation inspiré d'une fable de Jean de La Fontaine.

VRAI **I** — FAUX **E**

9. Dans *Vaiana*, la fleur de Tini a été volée à la déesse de la nature.

VRAI **R** — FAUX **W**

10. Dans *Les Schtroumpfs*, le chat de Gargamel s'appelle Azraël.

VRAI **S** — FAUX **T**

11. Dans le dessin animé *Dumbo*, le jeune éléphant peut voler grâce à des ailes.

VRAI **E** — FAUX **H**

12. Le meilleur ami de Bob l'éponge s'appelle Patrick et c'est un escargot.

VRAI **O** — FAUX **A**

13. Dans *Encanto*, le nom de la famille est Madrigal.

VRAI K — FAUX P

14. L'ami de Bambi qui s'appelle Panpan est un lapin.

VRAI E — FAUX U

15. Dans *Cendrillon*, les deux souris s'appellent Tic et Tac.

VRAI N — FAUX S

16. Les Simpson ont tous la peau bleue.

VRAI C — FAUX P

17. L'héroïne de *La Petite Sirène* s'appelle Ariel.

VRAI E — FAUX I

18. Dans *La Belle et le Clochard*, Lady et Clochard mangent une pizza en amoureux.

VRAI O — FAUX A

19. Dans la série animée *Miraculous*, le prénom de Ladybug est Henriette.

VRAI S — FAUX R

20. Dans la série *Il était une fois...*, le personnage avec une longue chevelure et une longue barbe blanches s'appelle Maestro.

VRAI E — FAUX O

L'information mystère...

Découvrez l'œuvre dont s'est inspiré le studio Disney pour le scénario de son film d'animation *Le Roi lion* :

_ _ _ _ _ _   _ _

_ . _ _ _ _ _ _ _ _ _ _ _

QUELLE ÉQUIPE !

Vous avez donné toutes les bonnes réponses du premier coup et découvert l'information mystère : magnifique ! Vos connaissances se complètent parfaitement. Vous êtes incollables !

Vous avez commis moins de 5 erreurs, et vous avez fini par découvrir l'information mystère : bravo ! Vous avez une bonne culture des classiques du grand écran. Et grâce à votre culture générale, vous avez même réussi à trouver la réponse finale !

Vous avez commis plus de 5 erreurs mais vous avez fini par découvrir l'information mystère : vous vous en sortez bien. Puisque vous avez résolu le mystère, regardez où étaient vos erreurs pour voir si vos souvenirs vous reviennent.

Vous n'avez pas réussi à découvrir l'information mystère : que s'est-il passé ? Avez-vous oublié ces dessins animés ou ne les avez-vous jamais vus ? Et si vous partagiez un moment pour découvrir, ensemble, certains classiques ?

Solutions p. 33

AU TEMPS DE LA PRÉHISTOIRE

Placez-vous l'un en face de l'autre et entrez dans le clan de ces ancêtres préhistoriques. Comme eux, soyez malins, observateurs et faites appel à votre sens de l'orientation pour remporter ces défis. Lequel d'entre vous s'en sortira le mieux ?

PARENT

1 AU FEU !

.... Points

Le volcan est entré en éruption ! Un homme de la tribu court prévenir le chef. Suivez les indications pour tracer son parcours en entier.

Le premier qui entoure le chef du clan, sans avoir commis d'erreur sur l'ensemble de son tracé, marque 2 points.

L'homme part de I-4 et va en G-4. Il descend en G-5, continue en H-5 et poursuit en H-7. Il tourne en J-7 et descend en J-9. Il court en H-9, puis en H-10. Il fonce en D-10, remonte en D-6 et s'arrête en C-6.

2 AU TRAVAIL !

.... Point

La tribu a besoin d'outils. Reliez les pierres dans le bon ordre.

Le premier à relier toutes les pierres et à écrire le nom de son outil marque 1 point.

L'outil mystérieux :

....

3 POCHOIR

.... Points

Chacun des membres du clan a laissé une trace de sa main sur la paroi de la grotte. Complétez les phrases pour savoir quelle main de quelle couleur a été le plus représentée.

Chaque joueur marque 1 point par bonne réponse et 1 point supplémentaire pour celui qui termine en premier.

Il y a .... mains gauches sur fond bleu.

Il y a .... mains droites sur fond bleu.

Il y a .... mains gauches sur fond rouge.

Il y a .... mains droites sur fond rouge.

ENFANT

1 AU FEU !

Points ....

Le volcan est entré en éruption ! Un homme de la tribu court prévenir le chef. Suivez les indications pour tracer son parcours en entier.

Le premier qui entoure le chef du clan, sans avoir commis d'erreur sur l'ensemble de son tracé, marque 2 points.

L'homme part de I-4.
Il descend en I-6, tourne en J-6 et continue en J-8.
Il poursuit en F-8, court en F-6 et s'arrête en C-6.

2 AU TRAVAIL !

Point ....

La tribu a besoin d'outils. Reliez les pierres dans le bon ordre. Commencez par la lettre orange. Si vous avez le sens de l'observation, un détail vous aidera à relier les lettres.

Le premier à relier toutes les pierres et à écrire le nom de son outil marque 1 point.

L'outil mystérieux : ....

3 POCHOIR

Points ....

Chacun des membres du clan a laissé une trace de sa main sur la paroi de la grotte. Complétez les phrases pour savoir quelle main de quelle couleur a été le plus représentée.

Chaque joueur marque 1 point par bonne réponse et 1 point supplémentaire pour celui qui termine en premier.

Il y a .... mains gauches sur fond bleu.
Il y a .... mains droites sur fond bleu.
Il y a .... mains gauches sur fond rouge.
Il y a .... mains droites sur fond rouge.

GAGE OU AVANTAGE ?

* **Le perdant** doit imiter une scène de chasse contre un mammouth qui réussit à s'échapper à la fin.
* **Le gagnant** décide d'organiser un atelier peinture avec les mains !

SCORE DU DUEL

Parent	Enfant
1 : ..../ 2	1 : ..../ 2
2 : ..../ 1	2 : ..../ 1
3 : ..../ 5	3 : ..../ 5

Le champion est :

....

Solutions p. 33

NOM DE ZEUS !

Au coude-à-coude

Préparez-vous à un voyage spatio-temporel à destination de la Grèce antique. Ce sera l'occasion de tester vos connaissances sur la mythologie grecque. Accrochez vos ceintures et que le meilleur gagne !

1 LES DIEUX DE L'OLYMPE

Au top départ, lisez les descriptions et retrouvez le nom de chaque dieu ou déesse. Le plus jeune commence par la première définition et l'adulte, par la dernière. Attention ! Vous n'avez pas le droit d'écrire le nom d'un dieu si vous n'avez pas lu sa description.

Une fois que les 7 noms sont écrits, levez votre crayon. Celui qui a donné le plus de bonnes réponses a gagné !

……………

……………

DÉPART ENFANT

DIONYSOS	Dieu du vin, il est représenté avec un calice et une grappe de raisin.
ARTÉMIS	Déesse de la chasse ; ses attributs sont l'arc et les flèches.
ZEUS	La foudre est son arme ; c'est le roi de l'Olympe.
ATHÉNA	Guerrière et protectrice, elle est la déesse de la guerre.
HERMÈS	Dieu du commerce, des voleurs, des messagers et des voyageurs ; son attribut est le caducée.
POSÉIDON	Dieu des tremblements de terre et des chevaux, il est surtout connu en tant que dieu de la mer.
APOLLON	Dieu du soleil et de la poésie ; il est le jumeau d'Artémis.

DÉPART PARENT

……………

……………

……………

……………

……………

① **Le champion est :** ……………

2 C'EST DIVIN !

Décodez ce message en superposant les lettres des deux bulles. L'enfant complète la bulle de gauche et commence 10 secondes avant le parent, qui complète la bulle de droite. Une fois qu'une bulle est complétée, levez le crayon.

Celui qui a découvert le message en premier a gagné !

ENFANT

L … N … C … A … Q … I

… S … U … E … 'I … M … R … A … I … É

… U … D … E … X … S …

L' … M … R … I … I … .

PARENT

… E … E … T … R … U …

A … S … R … L' … M … O … T … L … T

A … X … I … U … E … T

… 'A … B … O … S … E.

② **Le champion est :** ……………

3 SACRÉE HISTOIRE !

Prenez une feuille et cachez les questions. Lisez et observez ces mots pendant 2 minutes, puis cachez-les. Au top départ, écrivez chacun vos réponses aux questions.

Celui qui a donné le plus de bonnes réponses a gagné !

GRÈCE
HÉROS
MYTHE
HISTOIRE
RÉCIT
DÉESSE
DIEU
LÉGENDE

1. Quel mot est écrit en rose ?
2. Le mot « légende » est-il dans la liste ?
3. Combien de mots commencent par la lettre D ?
4. Quel mot est écrit plus gros que tous les autres ?
5. Combien y a-t-il de mots ?

PARENT

1. ....
2. ....
3. ....
4. ....
5. ....

ENFANT

1. ....
2. ....
3. ....
4. ....
5. ....

3 **Le champion est :** ....

GAGE !

Le joueur qui a remporté le plus de jeux choisit un gage :

- Imite Éros, le dieu de l'amour, et lance des flèches d'amour à tout le monde.
- Mime le cheval ailé Pégase qui galope et prend son envol.
- Tu as 5 minutes pour te déguiser en dieu ou déesse grec(que)...

LA QUESTION QUI TUE !

En cas d'égalité, le premier qui répond à cette question a gagné :

Comment s'appelle le dieu de la mer, qui tient un trident ?

Solutions p. 33

Tous ensemble

ALLÔ, DOCTEUR ?

**Entrez dans la salle d'opération, mais avant d'enfiler vos gants, vérifiez vos connaissances sur le corps humain.
Attention ! La moindre erreur pourrait être fatale. Heureusement, vous savez que vous pouvez compter sur votre partenaire...**

BIENVENUE AU BLOC !

Chacun votre tour, trouvez le mot qui correspond à chaque numéro et complétez la grille. Les numéros bleus sont pour l'enfant, les rouges pour le parent. À la fin, relevez les lettres des cases colorées et tentez de les remettre dans le bon ordre pour découvrir un mot mystère.

Si vous ne trouvez pas à quel endroit opérer, posez votre bistouri et recommencez.

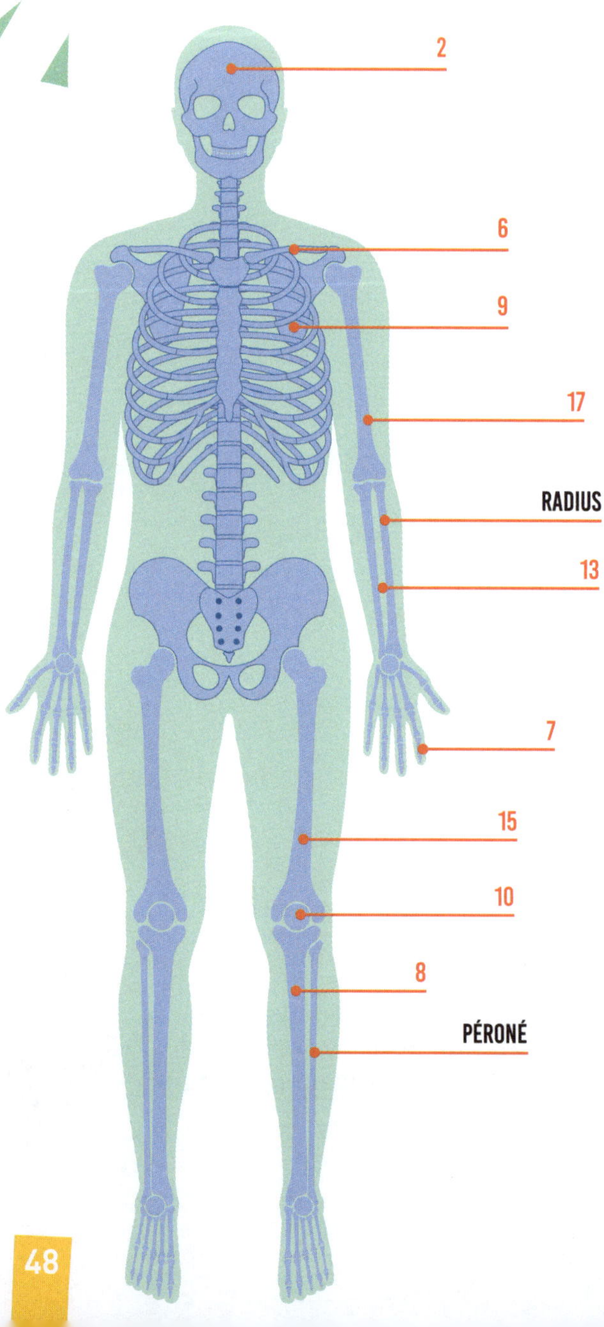

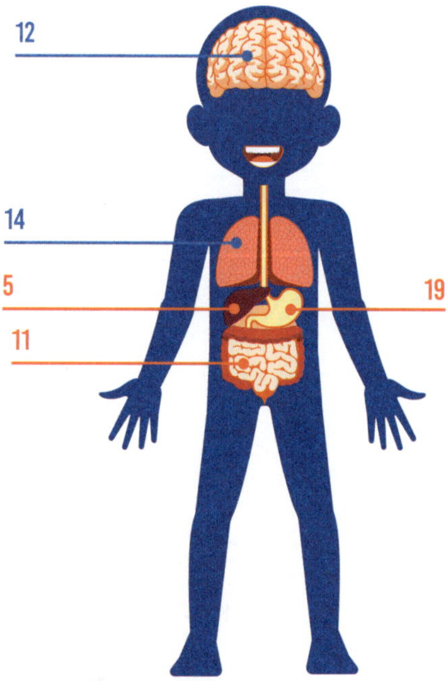

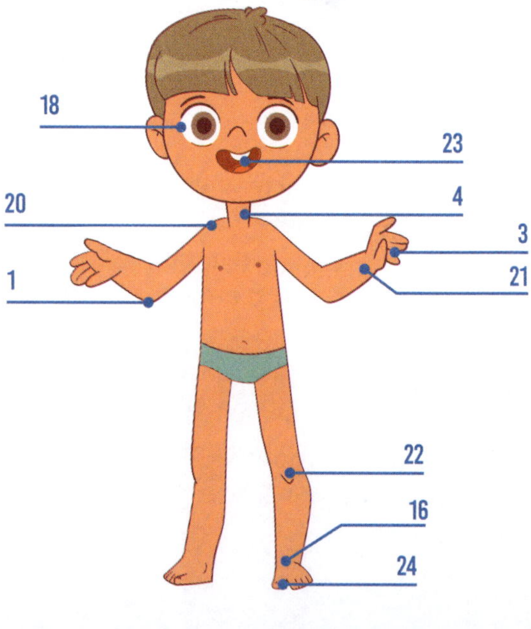

Le mot mystère...

La douleur du patient se situe au niveau de son ....

QUELLE ÉQUIPE !

Vous avez donné toutes les bonnes réponses et découvert le mot mystère : félicitations ! Le corps humain n'a plus aucun secret pour vous.

Il vous manque des réponses, mais vous avez découvert le mot mystère : vous avez eu de la chance. Avant de passer à l'étape suivante, cherchez ensemble les mots qui vous manquaient, ça peut toujours servir.

Il vous manque des réponses et vous n'avez pas découvert le mot mystère : pas de panique ! Le stress vous a peut-être empêchés d'avoir les idées claires. Recommencez en vous entraidant et, si besoin, demandez du renfort.

Solutions p. 34

CASSE-TÊTE

Prenez 18 allumettes ou cure-dents ou découpez les 18 bâtonnets (page 37) avant de relever ces nouveaux défis. Seul ou à plusieurs, testez vos capacités à résoudre chacun de ces casse-tête. Lisez attentivement la consigne. Les solutions sont toutes plus astucieuses les unes que les autres !

1. LE TAUREAU

Déplacez 2 bâtonnets pour que le taureau regarde vers la droite.

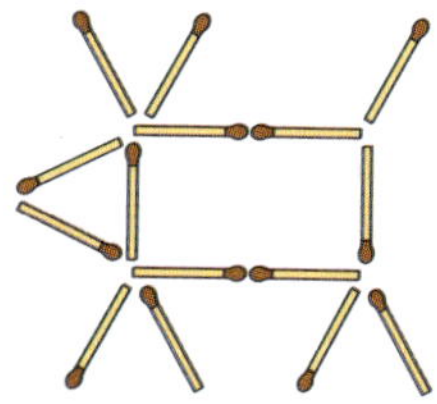

2. LE TRIANGLE

Déplacez 3 bâtonnets pour former 3 triangles identiques.

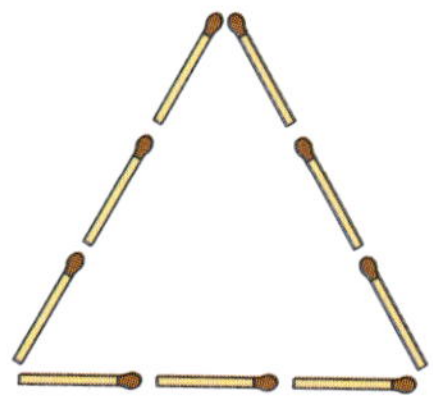

3. LA PELLE

Déplacez 2 bâtonnets pour que la pomme ne soit plus dans la pelle.

4. LA FLEUR

Déplacez 3 bâtonnets pour former 5 triangles.

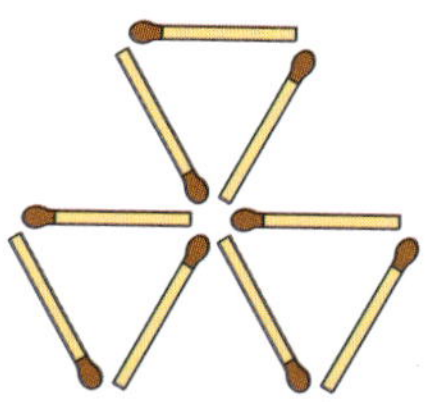

5. LA FUSÉE

Déplacez 2 bâtonnets pour former 3 triangles.

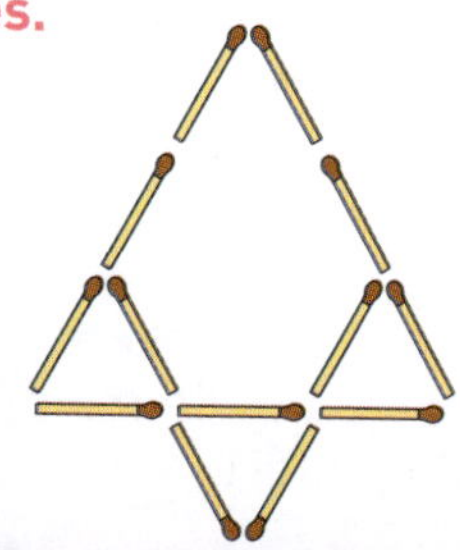

6. LE SAPIN

Déplacez 3 bâtonnets pour former 5 triangles.

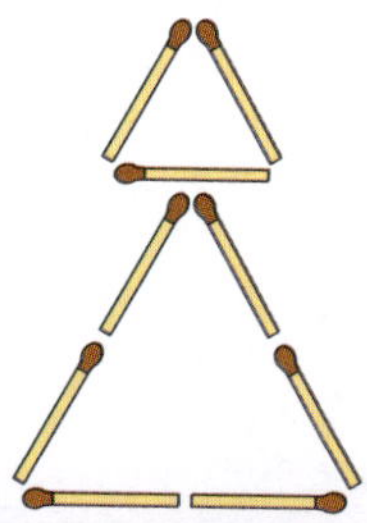

7. LA MAISON

Déplacez 2 bâtonnets pour former 5 carrés.

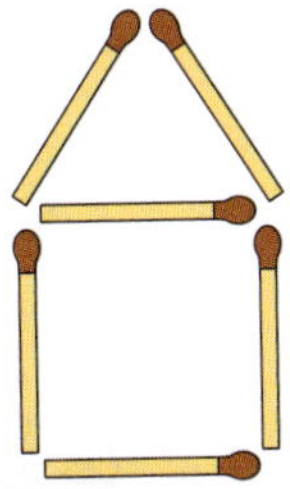

8. LA CLEF

Déplacez 4 bâtonnets pour former 3 carrés identiques.

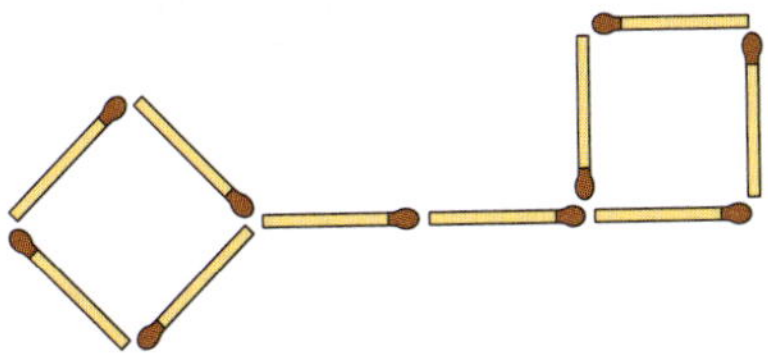

9. LE POISSON

Déplacez 3 bâtonnets pour que le poisson nage vers la droite.

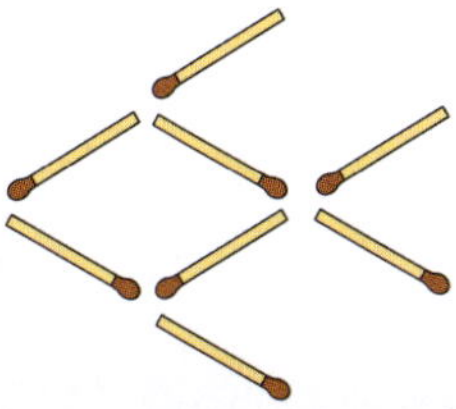

10. LE QUADRILLAGE

Déplacez 3 bâtonnets pour former 3 carrés identiques.

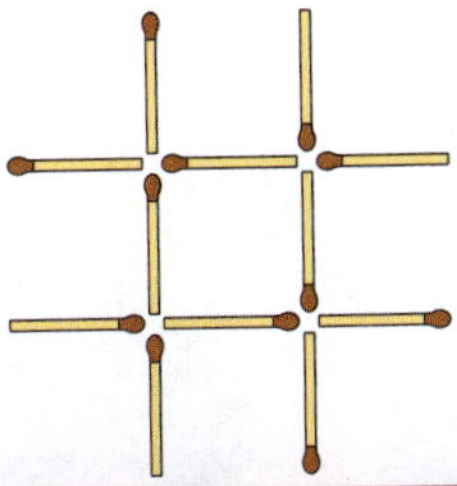

11. LES CHAPEAUX

Déplacez 2 bâtonnets pour former 7 triangles et 1 losange.

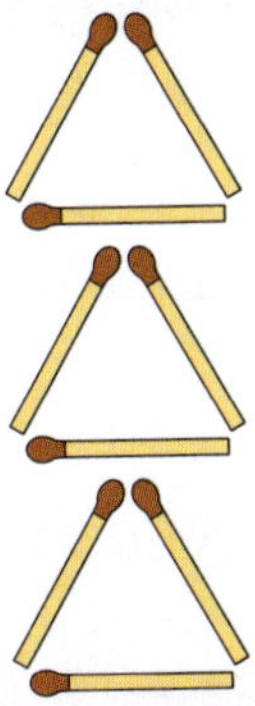

12. LE VAISSEAU

Déplacez 2 bâtonnets pour former 4 triangles identiques.

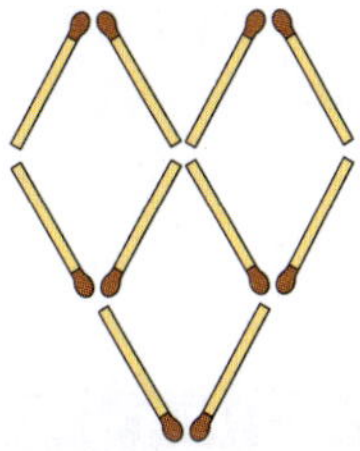

13. LE SOLEIL

Déplacez 6 bâtonnets pour former 6 losanges identiques.

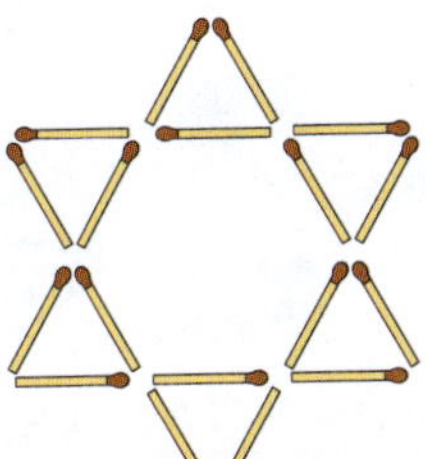

14. LA PYRAMIDE

Supprimez 5 bâtonnets pour former 5 triangles identiques.

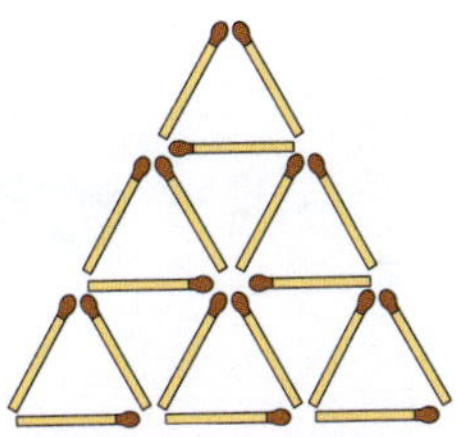

Solutions p. 34

Au coude-à-coude

À VOS FOURNEAUX !

Enfilez votre tablier et entrez dans la cuisine pour déguster ces défis aux petits oignons. Mais il n'y aura qu'un seul chef à la sortie de ces épreuves !

1 À TABLE !

① Le champion est : ....

Au top départ, notez sur votre fiche les numéros des 7 détails qui proviennent de la scène. Dès qu'un joueur les a tous écrits, l'autre doit lever son crayon.

Celui qui a le plus de bonnes réponses a gagné !

ENFANT ○ ○ ○ ○ ○ ○ ○

PARENT ○ ○ ○ ○ ○ ○ ○

2 SALADE GRECQUE

② Le champion est : ....

Prenez chacun un crayon d'une couleur différente. Entourez les étiquettes qui permettent d'écrire chaque ingrédient de la liste. Il vous restera 3 étiquettes pour écrire l'ingrédient mystère.
Gagnez 1 point par ingrédient barré et 1 point bonus pour celui qui trouve l'ingrédient mystère.

Liste des ingrédients
- Concombre
- Feta
- Olive
- Poivron
- Tomate

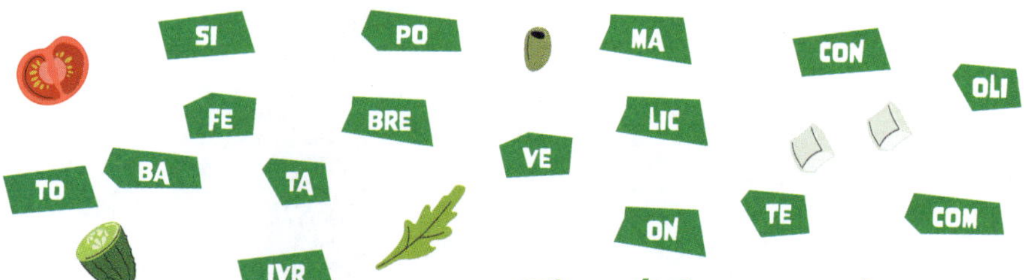

L'ingrédient mystère est : ....

3 BATTERIE DE CUISINE

Au top départ, reliez chaque nom d'ustensile à l'image correspondante. Attention ! Un même objet peut avoir deux noms. Dès qu'un joueur a associé tous ses mots, l'autre doit lever son crayon.

Celui qui a le plus de bonnes réponses a gagné !

3 Le champion est : ....

ENFANT

- Fouet •
- Gant de cuisine •
- Moule à tarte •
- Passoire •
- Presse-purée •
- Râpe •

PARENT

- • Attendrisseur
- • Cuillère à miel
- • Mandoline
- • Manique
- • Pelle
- • Tablier

GAGE !

Le joueur qui a remporté le plus de jeux choisit un gage :

* Ferme les yeux, goûte ce que je mets dans ta bouche et dis ce que c'est.
* C'est toi qui prépares le repas de ce soir.
* Tu as 5 minutes pour te déguiser en cuisinier ou cuisinière.

LA QUESTION QUI TUE !

En cas d'égalité, le premier qui répond à cette question a gagné :

Vite ! Le premier qui donne le nom d'un dessert aux fruits a gagné.

Solutions p. 34

Tous ensemble

CASTING D'ENFER

Le directeur d'un casting vous confie une mission : trouver la personne qui tiendra le premier rôle dans son prochain film. À vous d'ouvrir l'œil pour débusquer le profil recherché...

LE BON PROFIL

Quarante-huit portraits différents sont affichés devant vous. L'enfant lit le premier critère et élimine un à un les profils qui ne correspondent pas, puis le parent fait de même avec le critère suivant. Poursuivez ainsi à tour de rôle.

Si vous ne vous êtes pas trompés, il ne restera qu'une personne !

1. La personne recherchée n'a pas de casque audio pour écouter de la musique.
2. Sa photo touche une photo sur fond jaune ou orange, horizontalement ou verticalement.
3. Sa photo peut être rose mais elle ne touche pas une photo sur fond rose, ni horizontalement ni verticalement.
4. Sa photo n'est pas sur l'antépénultième ligne.
5. Sa photo touche une ou plusieurs photos éliminées aux tours précédents, horizontalement, verticalement ou en diagonale.
6. Éliminez les portraits B-8 et C-4.
7. Ses vêtements ne comportent ni rayures ni carreaux.
8. La personne recherchée ne porte pas une chemise ouverte.
9. Sa photo n'est pas sur la colonne qui comporte deux cases roses.
10. Le fond de sa photo n'est pas de la couleur obtenue en mélangeant du bleu et du rouge.
11. On voit une partie de son torse.
12. On voit au moins une de ses deux mains.
13. Sa photo n'est pas à côté de celle d'un(e) autre candidat(e) encore en lice.
14. Si deux droites séparaient ces portraits en quatre groupes de 12 photos, celle de la personne recherchée ne toucherait pas l'axe horizontal.

QUELLE ÉQUIPE !

Vous avez trouvé le bon profil : excellent ! Il ne reste plus qu'à faire les premiers essais et le tournage pourra commencer.

Vous n'avez pas trouvé le bon profil : quel dommage ! Vous êtes passés à côté du prochain espoir du grand écran. Mais rassurez-vous, vous n'avez pas fait tout ça pour rien : le directeur de casting a toujours besoin de figurants et de figurantes.

A B C D E F

Rows: 1 2 3 4 5 6 7 8

A B C D E F

Solution p. 35

DUEL

UN PEU DE SPORT

Placez-vous l'un en face de l'autre et préparez-vous à une séance de sport. Soyez rapides et précis pour remporter chacune de ces rencontres. Lequel d'entre vous remportera la coupe du champion ?

PARENT

1 SUR LE BANC DE TOUCHE

.... Points

Suivez les indications pour trouver le numéro de ces 4 maillots. Dès qu'un joueur a terminé, levez le crayon. Marquez 1 point par bonne réponse.

Les indications :

- En additionnant les numéros des deux premiers maillots, on obtient 21.
- En ajoutant le troisième maillot, on obtient 36.
- Le numéro du premier maillot correspond au tiers des trois premiers.
- Le numéro du dernier maillot correspond au tiers des deux premiers.

2 SUR LE TATAMI

.... Point

Pour comprendre le message de la jeune judoka, supprimez tous les K. Le premier joueur qui écrit sa phrase marque 1 point.

LKEKJKKUKDKOK
COKMKMKKEKNCKEKET
KSKEKTEKRKMIKKNKEK
PKAKRKLKEKSAKKLKKUT.

Le message de la judoka :

....

....

....

3 LE GRAND BAIN

.... Points

Lisez les indices pour redonner à chaque nageur et nageuse le numéro de sa ligne d'eau. Chaque joueur marque 1 point par bonne réponse et 1 point supplémentaire pour celui qui termine en premier.

Ligne d'eau ❶ ....

Ligne d'eau ❷ ....

Ligne d'eau ❸ ....

Ligne d'eau ❹ ....

Ligne d'eau ❺ ....

Les indices :

- Lou devance Camille, mais est derrière Steph.
- Fred est derrière Lou et devant Camille.
- Camille est devant Flo.

ENFANT

1 SUR LE BANC DE TOUCHE

Points ....

Suivez les indications pour trouver le numéro de ces 4 maillots. Dès qu'un joueur a terminé, levez le crayon. **Marquez 1 point par bonne réponse.**

Les indications :

- Le numéro du deuxième joueur correspond au résultat de 3 × 3.
- Le numéro du premier joueur correspond à 2 × 6.
- En ajoutant 3 au maillot du premier joueur, on obtient le numéro du troisième joueur.
- En soustrayant 2 au maillot du deuxième joueur, on obtient le numéro du quatrième joueur.

2 SUR LE TATAMI

Point ....

Pour comprendre le message de la jeune judoka, supprimez tous les K. **Le premier joueur qui écrit sa phrase marque 1 point.**

Le message de la judoka :

....

....

....

3 LE GRAND BAIN

Points ....

Lisez les indices pour redonner à chaque nageur et nageuse le numéro de sa ligne d'eau. **Chaque joueur marque 1 point par bonne réponse et 1 point supplémentaire pour celui qui termine en premier.**

Ligne d'eau ❶ ....

Ligne d'eau ❷ ....

Ligne d'eau ❸ ....

Ligne d'eau ❹ ....

Ligne d'eau ❺ ....

Les indices :

- Steph va arriver le premier et il a le même maillot que Flo.
- Fred va arriver troisième et il a un maillot rouge comme Camille.
- Lou est devancé par Steph.

GAGE OU AVANTAGE ?

* **Le perdant** doit faire le tour de la pièce en imitant la nage papillon.
* **Le gagnant** choisit une date pour aller à la piscine.

SCORE DU DUEL

Parent	Enfant
1 : ..../ 4	1 : ..../ 4
2 : ..../ 1	2 : ..../ 1
3 : ..../ 6	3 : ..../ 6

Le champion est :

....

Solutions p. 35

Au coude-à-coude

AU TEMPS DES

Remontez le temps de plusieurs millions d'années et préparez-vous à faire face aux lézards géants. Ne prenez aucun risque et soyez efficaces, car seul l'un d'entre vous s'en sortira...

1 DANS LA PÉNOMBRE

① Le champion est : ....

Prenez chacun un crayon d'une couleur différente.
Ouvrez l'œil et entourez les 10 différences entre ces deux scènes.

Le joueur qui en a trouvé le plus a gagné !

2 ILS SONT LÀ !

② Le champion est : ....

Au top départ, lisez les descriptions et retrouvez le nom de chaque dinosaure. L'enfant commence par la première définition et le parent, par la dernière. Attention ! Vous n'avez pas le droit d'écrire le nom d'un dinosaure si vous n'avez pas lu sa description.

Une fois que les 7 noms sont écrits, celui qui a donné le plus de bonnes réponses a gagné !

DÉPART ENFANT

ANKYLOSAURE	Sa queue en forme de massue lui permettait de frapper ses ennemis.
TRICÉRATOPS	Il pouvait se défendre grâce à ses trois cornes : deux au-dessus des yeux et une sur le nez.
TYRANNOSAURE	Ce redoutable prédateur a les dents d'un carnivore.
PTÉRODACTYLE	Ce reptile volant n'avait pas de plumes. Ses ailes étaient formées par une membrane.
PARASAUROLOPHUS	Sa crête lui servait à amplifier les sons ou peut-être à réguler sa température.
STÉGOSAURE	Cet herbivore avait une arme redoutable : sa queue. Pour se protéger ou effrayer ses prédateurs, il pouvait également compter sur deux rangées de plaques osseuses.
IGUANODON	Cet herbivore pouvait se redresser pour se nourrir. Ses pattes antérieures avaient un doigt flexible qu'il utilisait comme un pouce.

DÉPART PARENT

....

....

....

....

....

....

....

3 DES PAS DE GÉANTS

3 Le champion est : ....

Prenez une feuille et cachez l'image 2. Pendant 1 minute, mémorisez les empreintes de l'image 1, puis cachez-la. Retrouvez, dans l'image 2, les 3 empreintes que vous avez vues et écrivez chacun vos réponses dans votre colonne.

Celui qui a le plus de bonnes réponses a gagné !

Image 1

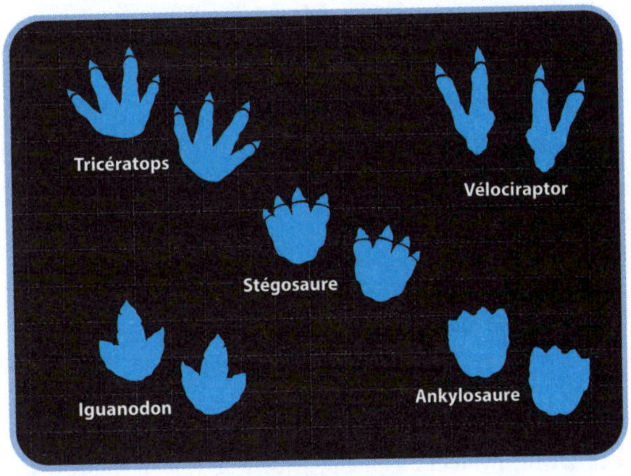

Image 2

PARENT

1. ....
2. ....
3. ....

ENFANT

1. ....
2. ....
3. ....

GAGE !

Le joueur qui a remporté le plus de jeux choisit un gage :

- Traverse la pièce en imitant un tyrannosaure affamé.
- Reproduis, sur une table, un dinosaure avec des pâtes crues.
- Prononce le nom de trois dinosaures différents avec du yaourt dans la bouche.

LA QUESTION QUI TUE !

En cas d'égalité, le premier qui répond à cette question a gagné :

Le tyrannosaure était aussi haut qu'un immeuble de combien d'étages ?

Le joueur qui donne le nombre le plus proche a gagné.

Solutions p. 35

Tous ensemble

BALADE EN FAMILLE

À pied, à vélo ou en voiture, profitez du paysage, mais surtout... restez prudents ! Donc, avant de partir, révisez le code de la route et partagez vos connaissances pour atteindre votre objectif.

EN ROUTE !

Répondez aux questions en entourant la lettre colorée correspondant à la bonne réponse. L'enfant commence par la première question, le parent par la question suivante, et ainsi de suite.

À la fin, relevez toutes les lettres qui correspondent à vos réponses et découvrez une information mystère. Si les mots n'ont pas de sens, c'est que vous vous êtes trompés ! Recommencez.

1. Quel équipement est obligatoire sur un vélo ?
- **À** Une sonnette
- **L** Un panier sur le porte-bagages
- **E** Une ceinture de sécurité

2. Jusqu'à quel âge un enfant a-t-il le droit de rouler à vélo sur un trottoir ?
- **S** 4 ans
- **T** 6 ans
- **V** 7 ans

3. Que signifie ce panneau ?

- **I** Piste cyclable
- **A** Interdiction de doubler les vélos
- **É** Accès interdit aux vélos

4. Que signifie ce panneau ?
- **C** Stationnement interdit les 1er et 15 du mois
- **L** Stationnement interdit du 1er au 15 du mois
- **P** Stationnement interdit, sauf du 1er au 15 du mois

5. De quelle couleur est le feu pour piétons quand on peut traverser ?
- **E** Rouge
- **I** Orange
- **O** Vert

6. À qui s'adresse le code de la route ?
- **A** Aux automobilistes
- **U** Aux automobilistes et aux cyclistes
- **O** À toutes les personnes utilisant un moyen de transport routier et aux piétons

7. Que faut-il vérifier avant de traverser, même si le feu pour piétons est vert ?
- **L** Le nombre de bandes blanches sur le sol
- **N** Que tous les véhicules sont à l'arrêt
- **S** Qu'il ne pleut pas

8. En voiture, quelle est la distance de sécurité pour doubler un vélo en ville ?
- **N** 0,50 m
- **P** 1 m
- **R** 2 m

9. À vélo, comment faut-il indiquer que l'on veut tourner à droite ?
- **O** Tendre son bras droit sur le côté
- **I** Tendre son bras gauche sur le côté
- **N** Lever les deux bras

10. Que signifie ce panneau ?

- **P** Chaînes à neige obligatoires sur les quatre roues
- **R** Chaînes à neige obligatoires sur au moins deux roues motrices
- **S** Chaînes à neige obligatoires une roue sur deux

11. Comment faut-il emprunter le passage piéton ?
- **T** En marchant
- **U** En sautant
- **V** En courant

12. À vélo, que faire quand son téléphone sonne ?
- **A** Je peux répondre à l'appel.
- **I** Je peux répondre si j'ai un kit mains libres.
- **E** Je ne peux pas décrocher car l'usage du téléphone est interdit à vélo.

13. Que signifie ce panneau ?
- **A** Obligation de donner la main à un adulte
- **U** Chemin obligatoire pour piétons
- **I** Chemin réservé aux écoliers

14. Que signifie ce panneau ?

- **L** Arrêt interdit
- **M** Stationnement interdit
- **N** Arrêt et stationnement interdits

15. Quel équipement est obligatoire sur un vélo ?

- **A** Un feu avant
- **B** Un feu arrière
- **C** Un feu avant et un feu arrière

16. Que signifie ce panneau ?

- **A** Circulation interdite à tout véhicule dans les deux sens
- **I** Stationnement interdit à tout véhicule dans les deux sens
- **E** Point de rassemblement

17. Que signifie ce panneau ?

- **R** Sens interdit pour les vélos
- **S** Sens interdit pour tout véhicule
- **T** Sens interdit pour les piétons

18. Qu'est-ce qu'une voie à double sens cyclable ?

- **Q** C'est une voie à sens unique où seuls les cyclistes peuvent circuler dans les deux sens.
- **L** C'est une voie à double sens où seuls les cyclistes ont le droit de circuler.
- **S** C'est une voie où les cyclistes et les voitures circulent dans les deux sens.

19. À un carrefour, que faire si un vélo arrive de la droite ?

- **E** On peut passer en même temps.
- **O** Je passe car je suis prioritaire.
- **U** Je dois le laisser passer.

20. Que signifie ce panneau ?

- **A** Attention, chute de pierres
- **E** Point de vue
- **I** Zone Wi-Fi

L'information mystère...

□ □□□□, □□ □□□□□□
□□ □□□□□□□.

QUELLE ÉQUIPE !

Vous avez donné toutes les bonnes réponses du premier coup et découvert l'information mystère : parfait ! Le code de la route n'a plus aucun secret pour vous. Vous êtes prêts pour partir à l'aventure en toute sécurité.

Vous avez commis moins de 5 erreurs et vous avez fini par découvrir l'information mystère : vous n'êtes pas loin de la perfection ! Amusez-vous à refaire ce test un peu plus tard pour améliorer votre score.

Vous avez commis plus de 5 erreurs, mais vous avez fini par découvrir l'information mystère : vous vous en sortez bien ! Mais n'hésitez pas à réviser votre code ensemble pour circuler en toute sécurité.

Vous n'avez pas réussi à découvrir l'information mystère : attention ! Rappelez-vous que le code de la route concerne tous les usagers de la route, même les piétons. Peut-être n'avez-vous pas été attentifs ? Recommencez votre test et restez prudents.

Solutions p. 36

INCROYABLE

Seul ou à plusieurs, testez votre sens de l'observation. Attention, méfiez-vous des apparences ! Et si vous vous faites surprendre, rassurez-vous : vous ne serez pas les seuls...

1 JUSTE UNE ILLUSION...

1. La fleur

Observez attentivement le cœur de ces fleurs. Lequel des deux disques colorés est le plus grand ?

2. La colonne

Sans utiliser de règle, dites si le trait noir rejoint le trait bleu ou le trait rouge.

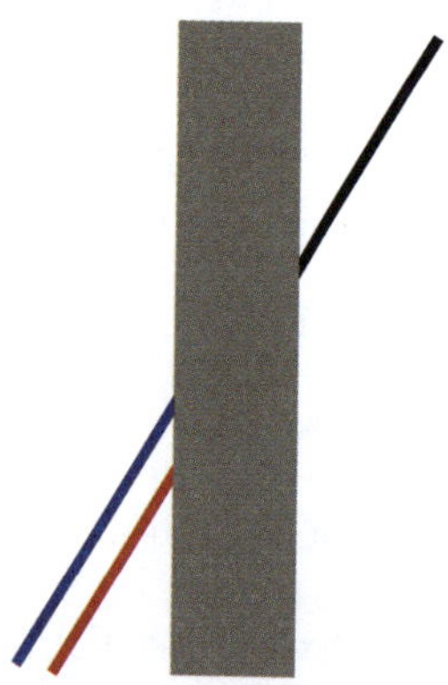

3. Le carrelage

Comment a été réalisé ce dallage ?

A. Il y a uniquement des lignes droites.

B. Il y a des lignes droites et des lignes courbes.

C. Il y a uniquement des lignes courbes.

4. Les flèches

Quel trait est le plus long ?

2 CACHE-CACHE

Rapprochez-vous, reculez-vous, penchez-vous...

Faites comme vous voulez pour trouver les deux animaux de cette image.

3 CONCENTRATION

Observez attentivement chacune des formes et entourez la bonne réponse.

1. **Combien de triangles composent cette figure ?**

   A. 10
   B. 12
   C. 13
   D. 15

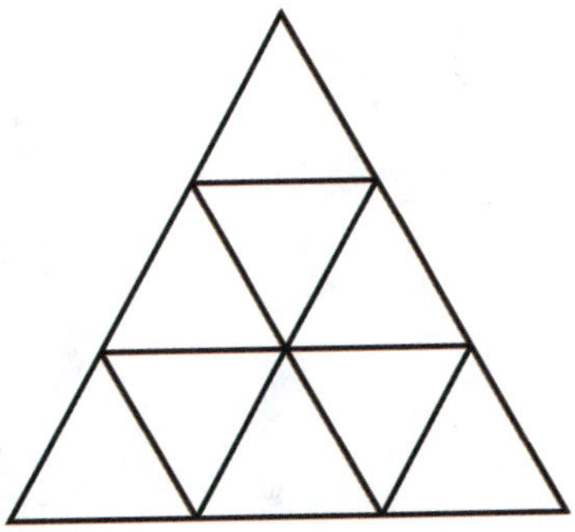

2. **Combien de carrés composent cette figure ?**

   A. 8
   B. 10
   C. 12
   D. 15

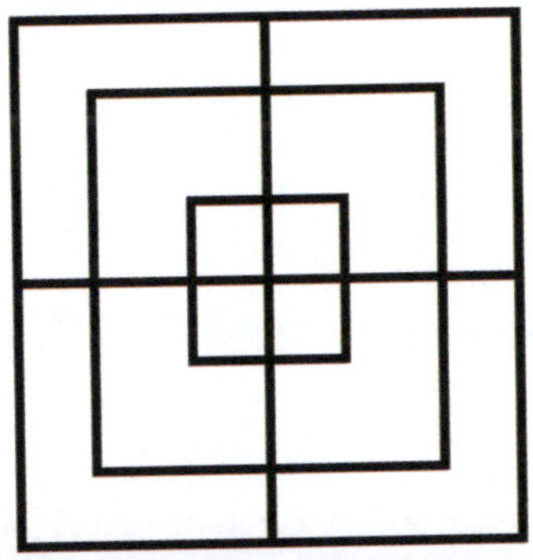

4 TEST DE RAPIDITÉ

Vous avez 30 secondes pour trouver le W caché dans cette foule de M.

M M M M M M M M M M M M M M M M M M M M M M M M M
M M M M M M M M M M M M M M M M M M M M M M M M M
M M M M M M M M M M M M M M M M M W M M M M M M M
M M M M M M M M M M M M M M M M M M M M M M M M M
M M M M M M M M M M M M M M M M M M M M M M M M M
M M M M M M M M M M M M M M M M M M M M M M M M M
M M M M M M M M M M M M M M M M M M M M M M M M M
M M M M M M M M M M M M M M M M M M M M M M M M M
M M M M M M M M M M M M M M M M M M M M M M M M M
M M M M M M M M M M M M M M M M M M M M M M M M M
M M M M M M M M M M M M M M M M M M M M M M M M M
M M M M M M M M M M M M M M M M M M M M M M M M M
M M M M M M M M M M M M M M M M M M M M M M M M M
M M M M M M M M M M M M M M M M M M M M M M M M M
M M M M M M M M M M M M M M M M M M M M M M M M M
M M M M M M M M M M M M M M M M M M M M M M M M M
M M M M M M M M M M M M M M M M M M M M M M M M M
M M M M M M M M M M M M M M M M M M M M M M M M M

Solutions p. 36

Toutes les images de l'intérieur proviennent de Shutterstock.

Couverture : Primo&Primo
Maquette et mise en pages : Le Studio d'exées
Illustrations de l'intérieur : © Shutterstock.
Édition : Fabrice Pinel et Sophie Zeegers

ISBN : 978-2-01-732612-0

www.parascolaire.hachette-education.com

Achevé d'imprimer en Mars 2025 en Italie par Rotolito S.P.A.
Dépot légal : Mai 2025 - édition 01